Pippi Långstrump i Söderhavet

長襪皮皮到南島

Astrid Lindgren

pictures by Ingrid Vang Nyman

阿思緹·林格倫 著　　英格麗·凡·奈曼 繪　　姬健梅 譯

目次

導讀　兼具反思與幽默的經典作品　楊俐容　5
人物介紹　11
第一章　皮皮仍舊住在亂糟糟別墅　15
第二章　皮皮逗蘿拉姨婆開心　35
第三章　皮皮找到「斯普克」　49
第四章　皮皮舉辦口試　65
第五章　皮皮收到一封信　83

第六章　皮皮出航了　95
第七章　皮皮上岸了　107
第八章　皮皮教訓鯊魚　119
第九章　皮皮教訓吉姆和布克　133
第十章　皮皮受夠了吉姆和布克　155
第十一章　皮皮離開塔卡圖卡島　163
第十二章　長襪皮皮不想長大　175

導讀

兼具反思與幽默的經典作品

文／楊俐容（親職教育專家）

「這個可愛的小小的裸著身體的乞丐，
所以假裝著完全無助的樣子，
便是想要乞求媽媽的愛的財富。」——泰戈爾

泰戈爾在他的《新月集》中，如此描繪孩童的素樸模樣。然

而，在孩子成長的過程中，「無助感」其實是他們心靈深處非常具體且強烈的存在。從孩子有限的經驗和認知來看，「大人」擁有無所不能的力量和無可挑戰的權威；於是，對力量的嚮往、對自由的追求，以及對權威的質疑不滿，便成了孩童永恆的情緒來源與成長挑戰。

一九四五年開始誕生的「長襪皮皮」系列之所以一出版就成為全球風靡的兒童故事，歷經時代變化仍然歷久不衰，就是因為主角皮皮擁有力量與自由，可以直接表達對某些權威的質疑和反抗。皮皮不合常規的服裝造型與不按常理出牌的行事風格，呼應了孩子在意玩耍更甚於外表的天性；幽默誇張的故事情節，不只帶給讀者閱讀的樂趣、豐富的想像，也讓內在的情緒和不滿有了宣洩的出口。

隨著漫畫、卡通不斷進化，孩子們可以閱讀的素材愈來愈豐富，可以作為人格發展典範的角色也日趨多元。然而，在兒童文學的世界裡，有些作品乘流行而來，也會隨流行而逝；有些作品則在時間的淘洗下成為經典，在讀過它的孩子心中埋下種子，為孩子的成長提供種種激發思考、形塑人格的滋養。

在不斷追求速成、習慣汰舊換新、講究功利效益的時代，我常常在想，有什麼事物，可以讓孩子「放慢腳步，讓靈魂跟上來」；又有哪些閱讀，可以在孩子的想像中留下雋永的痕跡，並日漸內化為對孩子具有獨特意義的經典。「長襪皮皮」正是我心中的答案之一。

雖然「長襪皮皮」系列誕生至今已經將近八十年，但書中對於權益被不當限制、部分大人的貪婪與算計，以及某些教條過於刻板狹隘的描述，仍是孩子成長中非常值得探索的議題；對於真誠善良、特立獨行、勇於冒險的推崇，也同樣多所著墨。此外，作者也描繪了沒有大人陪伴的孩子，內心是如何的孤獨寂寞，即便皮皮總是把「別擔心！我一個人沒問題的！」掛在嘴上，細膩的讀者仍可從字裡行間讀到淡淡的哀愁。

每個孩子與每個大人心理的「內在小孩」，都住著「長襪皮皮」，我深深相信也衷心企盼「長襪皮皮」系列可以長生不老，不只帶給一代代大小讀者心靈撫慰、情緒淨化，也讓幽默在生活中不缺席、讓反思在教養中不停息。

長襪皮皮到南島

人物介紹

長襪皮皮

一個力大無窮的九歲女孩，全名是皮皮洛塔．維多利亞．洛嘉蒂娜．薄荷．長襪。她那一頭紅髮紮成兩條直挺挺的辮子，鼻子像小小的馬鈴薯，臉上長滿密密麻麻的雀斑。她穿著有紅色補丁的藍色洋裝，腿上則是不成對的長襪，還有比腳足足大一倍的黑鞋子。

尼爾森先生

小長尾猴，身上穿著藍褲子和黃背心，頭戴一頂白色草帽。牠是皮皮的寵物，和皮皮一起住在亂糟糟別墅。

湯米和安妮卡

皮皮的鄰居兼好友。這對兄妹可愛、有教養，也很乖巧。哥哥湯米很聽媽媽的話，而且從不咬指甲；妹妹安妮卡即使遇到不如意的事情也從不吵鬧，而且身上穿的棉布洋裝總是維持得平整乾淨。

艾弗朗・長襪船長

皮皮的爸爸。有著肥胖的身材和強壯的臂力，過去曾是霍普托瑟號的船長。在一次航行中被暴風雨吹落海裡，漂流到一座南太平洋小島上，成為了統治塔卡圖卡族的國王。

莫莫和莫亞娜

塔卡圖卡族的小孩，會說流利的白人語言。在皮皮、湯米和安妮卡抵達小島後，他們一直陪在三人身邊，帶這三個白人小孩到島上各處遊玩。

吉姆和布克

皮膚黝黑、言行粗魯的強盜。他們趁長襪船長和島上居民外出打獵的時候闖入小島，打算盜取孩子們用來打彈珠的碩大珍珠。

第一章　皮皮仍舊住在亂糟糟別墅

這座很小、很小的小鎮上，有著石板鋪成的街道，還有庭院栽種了花草的低矮房子，看起來十分漂亮宜人。每個來到小鎮的人，都覺得自己可以在這裡度過清靜、舒適的生活。但是鎮上沒有什麼名勝古蹟，只有兩處景點：鄉土博物館和古石堆，這就是全部了。喔，不對，這裡還有別的名勝！小鎮居民豎立了清楚的路標，指引外地人前往這些景點。一個路標用大大的字寫著「往鄉土博物館」，下面還畫了一個箭頭。另一個路標則寫著「往古石堆」。

還有一個路標是不久之前才豎立的，上面寫著「往亂糟糟別墅」。最近經常有人詢問該怎麼去亂糟糟別墅，人數甚至比詢問鄉土博物館和古石堆的人更多。

在一個晴朗的夏日，有一位紳士開著汽車來到了這座小鎮。他住在一個比這裡大得多的城市，所以覺得自己比小鎮的居民更優秀。他確實開著一輛很豪華的汽車，本身也派頭十足，腳上穿著一雙擦得亮晶晶的皮鞋，手上還戴著一枚很大的金戒指，這也難怪他會自認為高人一等了。他開車穿過小鎮的街道時，不停猛按喇叭，像是要讓大家聽見他來了一樣。

紳士一看見路標便撇了撇嘴，露出不屑的笑容。

「往鄉土博物館──免了，謝謝，」他自言自語，「我沒那麼大的興致。」接著他在另一個路標上讀到「往古石堆」，於是在心裡嘀咕，「真是愈來愈

有趣了！」等他看見第三個路標「往亂糟糟別墅」，他忍不住開口說：「這是什麼鬼名字！簡直就是胡鬧！」

他想了一下。一棟別墅不可能像鄉土博物館和古石堆一樣是觀光景點，豎立這個路標一定有別的理由。最後他想出一個很好的解釋：這棟別墅一定是準備要出售。豎立路標是替那些想買房子的人指路。紳士原本就覺得城市太過吵鬧，常常想著要在安靜的小鎮上買棟房子。他當然不會一直住在鎮上，但是當他想要好好休息的時候，可以偶爾開車過去住幾天。而且住在小鎮上，別人更會注意到他是多麼體面、高雅。他決定立刻開車上路，去看看這棟亂糟糟別墅。

想去亂糟糟別墅，只要照著路標上箭頭所指的方向前進就行了。這位紳士得要一直開到小鎮的盡頭，才能發現他要找的地方。一道破舊的庭院大門上寫著：亂糟糟別墅。

籬笆後面是一個荒蕪的庭院，有著長滿苔蘚的老樹和沒人修剪的草地，還有許多愛怎麼長就怎麼長的花花草草。庭院的盡頭矗立著一棟房屋——唉呀，這算哪門子的房屋！它看起來好像隨時都會倒塌。體面的紳士盯著這棟房子看，忽然嘆了一口氣：門廊上居然站著一匹馬！這位紳士不習慣看見馬站在門廊上。

陽光下，有三個小孩坐在門廊臺階上。坐在中間的女孩滿臉雀斑，頭上豎著兩條紅辮子。她的右邊坐著一個漂亮的小女孩，有著一頭金色髮髮，身穿一

件紅色洋裝。她的左邊則坐著一個頭髮梳得很整齊的小男孩。紅髮女孩的肩膀上，還坐著一隻猴子。

這位體面的紳士覺得自己一定是走錯了地方。這麼破爛的房子，誰會想要買！

「喂，小朋友，」他大聲說：「這棟破房子真的就是亂糟糟別墅嗎？」

坐在中間的紅髮小女孩站起來，不慌不忙的走向庭院大門。另外兩個小孩也慢吞吞的跟在後面。

在紅髮小女孩走近之前，那位體面的紳士又問：「妳不會說話嗎？這間爛房子真的就是亂糟糟別墅？」

「我得好好想一想，」紅髮小女孩皺起眉頭思索，「這裡是鄉土博物館嗎？不是！是古石堆嗎？也不是！」她大叫：「啊，我知道了，這裡是亂糟糟別墅！」

「妳不能好好回答嗎？」那位紳士下了車。不管怎麼樣，他都想要走近屋子看一看。

「當然也可以拆了這棟房子，再蓋一棟新的。」他自言自語。

「噢，好啊，我們馬上動手！」紅髮小女孩大聲說著，同時動手拆掉牆上的幾塊木板。

紳士沒有聽她說話，因為他對小孩根本不感興趣，更何況他現在還有事情要思考。這座庭院雖然破舊，在陽光下看起來卻很吸引人。如果重新蓋一棟房子，把草地修剪整齊，再把小徑整修一番，種上一些合適的花草，那麼，就很適合像他這樣體面的紳士居住了。這位紳士決定買下亂糟糟別墅。

他東看看、西瞧瞧，巡視還有哪些地方需要改善。那幾棵長滿青苔的老樹當然得砍掉。他皺著眉頭打量一棵樹幹很粗、長著許多樹瘤的橡樹，橡樹的枝椏遮蔽了亂糟糟別墅的屋頂。

「這棵樹得砍掉。」他斬釘截鐵的說。

身穿紅色洋裝的漂亮小女孩，發出了一聲尖叫。

「噢，皮皮，妳聽到了嗎？」安妮卡嚇壞了。

紅髮小女孩滿不在乎的在庭院小徑上蹦蹦跳跳。

「我說了，這棵又老又枯的橡樹得砍掉。」那位體面的紳士喃喃自語。

穿著紅色洋裝的小女孩，伸出雙手向他求情。

「噢，不，請你不要這麼做，」她說：「這……這棵樹這麼漂亮，又很好爬，而且樹幹是中空的，我們可以爬進去玩。」

「妳胡說什麼啊，」那位體面的先生說：「我才不會在樹上爬來爬去。」

頭髮梳得整整齊齊的小男孩，看起來也很擔心，所以他開口幫腔，「那棵樹會長出檸檬汽水，每個星期四還會長出巧克力棒

喔。」

「喂，小朋友，我想你們是在太陽底下坐太久，把腦袋晒昏了，」體面的紳士說：「不過那不關我的事。我打算買下這塊地，你們可以告訴我屋主在哪裡嗎？」

穿著紅色洋裝的小女孩哭了起來，頭髮梳得整整齊齊的小男孩，則是朝著還在蹦蹦跳跳的紅髮小女孩跑過去。

「皮皮，」小男孩說：「妳沒聽見他說的話嗎？為什麼妳什麼都不做？」

「我什麼都不做？」紅髮小女孩反問：「我在這裡賣力的蹦蹦跳跳，你還說我什麼都不做？你自己來跳跳看吧，這樣你就知道蹦蹦跳跳也是很吃力的事。」

說完，皮皮走向那位體面的紳士。

「我的名字是長襪皮皮，」然後她指了指身邊的朋友，「這兩位是湯米和安妮卡。您有什麼事情需要我們幫忙嗎？看是要拆房子、砍樹，還是修理什麼該修理的東西，你儘管開口。」

「我才懶得知道你們叫什麼名字，」那位紳士說：「我只想知道這棟房子的主人在哪裡？我想要買下這棟房子。」

名叫長襪皮皮的紅髮小女孩，又回去玩她的蹦跳遊戲了。

「房子的女主人現在很忙，」她賣力的跳著，「忙得不得了。」她一邊說，一邊繞著那位紳士繼續蹦跳，「不過你可以坐下來等，待會兒她就過來。」

「女主人？」那位紳士高興的說：「這棟爛房子的主人是個女的？那再好不過了。女人沒有生意頭腦，說不定我只要花點小錢就能買到整塊地。」

「希望是這樣囉。」長襪皮皮說。

放眼望去沒有其他地方可坐，於是這位體面的紳士就小心翼翼的在門廊臺階上坐下。那隻小猴子在門廊欄杆上不安的跳來跳去。湯米和安妮卡站在遠一點的地方，這兩個整潔可愛的小孩，膽怯的打量他。

「你們住在這裡嗎？」體面的紳士問。

「不是，」湯米說：「我們住在隔壁。」

「可是我們每天都會來這裡玩。」安妮卡怯生生的說。

「噢，你們以後就不能來囉，」體面的紳士說：「我不喜歡有小孩在我家院子裡跑來跑去，我覺得小孩很惹人厭。」

「我也這麼覺得，」皮皮暫時停止了蹦跳，「所有小孩都應該槍斃。」

「妳怎麼可以這麼說？」湯米覺得很委屈。

「喔，本來所有的小孩都應該要槍斃，」皮皮說：「可是這個方法行不通，因為這樣一來，就不會有人長大成為親切的大叔。

這個世界上可不能沒有大叔。」

體面的紳士看著皮皮的紅頭髮，決定在等待的時候拿她的紅頭髮開玩笑。

「妳知道妳和一根剛點燃的火柴有什麼相似之處嗎？」他問。

「不知道耶，」皮皮說：「但是我一直很想知道。」

體面的紳士用力拉了一下她的辮子。

「現在妳知道了吧，妳的辮子要燒起來了！哈哈哈！」

「怪了，我以前怎麼沒想到！」皮皮說：「人要趁著耳朵還在，多聽點新鮮事。」

那位體面的紳士看著皮皮說：「妳真是我這輩子見過最醜的小丫頭。」

「喔，」皮皮說：「我覺得你也不是能讓別人神魂顛倒的帥哥。」

說。

那位紳士被得罪了，露出不悅的表情，但是一句話也沒有說。

皮皮靜靜的站了一會兒，歪著頭看他，最後開口說：「喂，你知道你跟我有什麼相似之處嗎？」

「妳跟我？」那位體面的紳士說：「我希望我們之間最好沒有半點相似之處。」

「喔，當然有，」皮皮說：「我們兩個都有一張大嘴巴。我例外。」

湯米和安妮卡小聲的偷笑。那位體面的紳士氣得整張臉都脹紅了。

「喔，妳是在耍嘴皮子嗎？」他大叫：「等我揍妳一頓，妳就會學乖了。」

他伸出肥胖的手臂要打皮皮，可是皮皮往旁邊一跳，一溜煙的爬上那棵中空的橡樹。

　　那位紳士目瞪口呆的愣在原地。

「我們什麼時候要開始打呢？」皮皮舒舒服服的坐在一根枝椏上問。

「我可以等。」那位體面的紳士說。

「很好，」皮皮說：「因為我打算在樹上一直待到十一月中。」

　　湯米和安妮卡拍手大笑。他們不應該笑的，因為體面的紳士惱羞成怒，覺得既然抓不到皮皮，就抓他們來代替。於是他抓住安妮卡的衣領說：「那就由妳來挨打，妳看起來也很欠揍。」

　　安妮卡這輩子還沒有挨過打，她嚇得發出一聲慘叫。只聽見「咚」的一聲，皮皮從樹上跳下來，一個箭步來到那位體面的紳士面前。

「噢，不行，」她說：「在我們開打之前，最好先讓我教訓你一下。」

皮皮說到做到。她抓住紳士的水桶腰，把他拋向空中好幾次，然後伸直手臂把他拎出去，扔進他那輛汽車的後座。

「我想，我們改天再來拆房子吧，」皮皮說：「我每個星期拆一次房子，可是從來不在星期五拆，因為星期五是大掃除的日子。我每次都在星期五用吸塵器把屋裡打掃乾淨，然後在星期六拆掉房子。每件事都要按照時間表來做。」

那位紳士好不容易才爬回駕駛座，用最快的速度把車子開走。他既害怕又生氣，也很懊惱自己沒有跟亂糟糟別墅的女主人說上話。他很想買下那塊地，趕走那幾個討厭的小孩。

過沒多久，他遇見了小鎮上的一位警察。紳士停下車問：「請問，哪裡可以找到亂糟糟別墅的女主人？」

「我很樂意帶你去，」警察跳上車說：「請開到亂糟糟別墅。」

「不，她不在那裡。」體面的紳士說。

「喔，她一定在那裡。」警察說。

身邊有警察陪伴，讓那位紳士覺得很安全，於是他按照警察說的話，把車子開回亂糟糟別墅。他真的很想跟亂糟糟別墅的女主人談一談。

「亂糟糟別墅的女主人就在那裡。」警察指著那棟房子說。

紳士順著警察所指的方向看過去，然後扶著額頭發出一聲呻吟。在門廊上站著的人，正是那位紅髮小女孩，那個可怕的長襪皮皮。現在她伸直手臂抬著一匹馬，而那隻猴子就坐在她的肩膀上。

「哈囉，湯米和安妮卡！」皮皮大喊：「趁下一個偷雞客出現之前，我們來騎馬吧。」

「是投機客啦。」安妮卡說。

「她就是這棟別墅的女主人嗎？」紳士有氣無力的問：「可是她只是個小女孩啊。」

「對，」警察說：「她只是個小女孩，但她也是全世界力氣最大的小女孩。她一個人住在這裡。」

那匹馬載著三個小孩，跑到了庭院的籬笆前。皮皮坐在馬背上，低頭對那位紳士說：「喂，剛才我們猜謎語滿好玩的，我這裡還有另一個謎語，你猜猜看。你知道我的馬和我的猴子，有什麼差別嗎？」

體面的紳士已經沒有心情猜謎語了，但是他對皮皮十分敬畏，所以不敢不回答。

「妳的馬和妳的猴子有什麼差別？我真的不知道。」

「嗯，這不太好猜，」皮皮說：「但是我可以給你一點提示。

如果你看見牠們兩個一起站在樹下，而其中一個開始爬樹，那麼爬樹的就一定不是馬。」

體面的紳士用力踩下油門，用最快的速度開走車子。他永遠、永遠都不會再到這座小鎮來了。

第二章　皮皮逗蘿拉姨婆開心

一天下午，皮皮在院子裡走來走去，等待湯米和安妮卡。可是湯米沒來，安妮卡也沒出現，於是皮皮決定去找他們，看看他們在哪裡。她在塞特格林家庭院的涼亭找到了他們，不過那裡不只有湯米和安妮卡，他們的媽媽塞特格林太太也在，還有一位和藹可親的老太太。她們正在喝咖啡，小孩子則是喝果汁。湯米和安妮卡一看見皮皮，就朝她跑了過去。

「蘿拉姨婆來了，」湯米向皮皮解釋，「所以我們沒去找妳。」

「喔，她看起來很親切，」皮皮從樹叢的枝葉間看過去，「我得去和她聊聊天。我好喜歡和藹可親的姨婆。」

安妮卡看起來有點不安。

「妳……妳還是別說太多話比較好，」安妮卡說。她還記得有一次皮皮來家裡喝下午茶，因為太愛說話，惹得媽媽很生氣。可是安妮卡不希望有人生皮皮的氣，因為她很喜歡皮皮。

「妳要我別跟她說話？」皮皮不高興的問：「不行，我當然要跟她說話，妳看著好了。我們要親切的對待客人，要是我一聲不吭的坐在那裡，說不定她會以為我討厭她呢。」

「話是這麼說沒錯，可是妳知道該怎麼跟姨婆說話嗎？」安妮卡反問。

「只要逗她開心就行了！」皮皮說：「我現在就做給妳看。」她走進涼亭，先向塞特格林太太行了個屈膝禮，然後揚起眉毛看著那位老太太。

「噢，看哪，是蘿拉姨婆耶，」皮皮說：「她愈來愈漂亮了！我可以喝點果汁嗎？免得聊天的時候我的喉嚨太乾。」

最後這句話是對湯米和安妮卡的媽媽說的。塞特格林太太倒了一杯果汁，同時說：「孩子讓大人看看就好，說的話就不必聽了。」

「哈，我希望大人既有眼睛看我，也有耳朵聽我說話，」皮皮說：「就算大人光看著我就覺得開心，還是應該讓耳朵活動一下聽我說話。有些人還以為耳朵就只是用來扭動的呢。」

塞特格林太太不再理會皮皮，而是轉頭招呼那位老太太。

「親愛的阿姨，妳最近好嗎？」塞特格林太太關心的問。

蘿拉姨婆看起來很煩惱。

「唉，我過得不好，」她說：「我太容易緊張，一切都令我心煩。」

「就跟我奶奶一模一樣，」皮皮一邊說，一邊把一片乾麵包浸在果汁裡，「她也是容易緊張，一點小事就令她心煩。如果她走在街上被一塊磚頭砸到，就會大叫大鬧，讓別人以為發生了什麼不幸的事。還有一次，她和爸爸去參加舞會，他們一起跳了一支波卡舞。爸爸的力氣很大，忽然在轉圈時把奶奶甩了出去，而且甩得好遠好遠，結果奶奶飛過了整個舞池，最後撞到低音大提琴上，所以她又大叫大鬧起來。於是爸爸用手臂舉起她，把她抱到四樓的窗戶外，想讓她稍微冷靜下來，別再這麼緊張兮兮。但是事情可沒這麼順利！奶奶大喊：『馬上放開我！』爸爸當然乖乖照辦了。唉，我該怎麼說呢，爸爸這樣做奶奶當然也不滿意！爸爸說，他從來沒看過有哪個老太太會像奶奶這樣大驚小怪。唉，神經衰弱的人的確很難相處。」皮皮同情的說完，又把一片乾麵包浸在果汁裡。

湯米和安妮卡在椅子上不安的扭動。蘿拉姨婆搖搖頭，塞特格林太太趕緊說：「蘿拉阿姨，希望妳很快就會好起來。」

「噢，沒錯，我相信一定會的，」皮皮安慰她，「奶奶也很快就好起來了。她變得很有精神，人也開朗起來，因為她吃了鎮靜劑。」

「是哪種鎮靜劑？」蘿拉姨婆很感興趣的問。

「毒狐狸的藥，」皮皮說：「一平匙毒狐狸的藥。可以說，這正是對症下藥。奶奶吃了藥以後，整整五天都安安靜靜的坐著，一句話也沒有說。她不再跳腳，也不再大聲嚷嚷，靜悄悄的，完全康復了喔！就算有磚塊砸在她的頭上，她也只是坐在那裡，感覺好得不得了。所以蘿拉姨婆，妳一定會恢復健康的。因為就像我說的，我奶奶後來也康復了嘛。」

湯米溜到蘿拉姨婆身旁，在她耳邊小聲說：「蘿拉姨婆，妳別聽她的。這些事都是她編出來的，她根本就沒有奶奶。」

蘿拉姨婆點頭表示理解。可是皮皮的耳朵很尖，聽見了湯米剛才說的悄悄話。

「湯米說得沒錯，」皮皮說：「我沒有奶奶。既然奶奶根本不存在，就沒有理由這樣緊張兮兮的啦！」

蘿拉姨婆對塞特格林太太說：「妳知道嗎？昨天我碰到一件奇怪的事……」

「一定不會比我前天碰到的事更奇怪，」皮皮說：「我坐在火車上，在列車全速行駛的時候，有一隻母牛從敞開的車窗飛了進來，尾巴上還掛著一個大行李箱。那頭牛在我對面的長椅上坐下，開始翻閱時刻表，想知道我們幾點會抵達法爾雪平鎮。我那時候正打算吃奶油麵包，我帶了好多呢，有的夾鯡魚，有的夾香腸。我想那頭牛說不定也餓了，就請牠吃一塊。結果牠拿了一塊夾鯡魚的麵包，一口就吃掉了。」

皮皮說完了。

「那的確很奇怪。」蘿拉姨婆和藹的說。

「是啊，這麼奇怪的母牛真是少見，」皮皮說：「你們能想像嗎？我明明有那麼多夾香腸的麵包，牠卻偏偏拿了一塊夾鯡魚的麵包！」

塞特格林太太和蘿拉姨婆又喝了一些咖啡，三個小孩則喝了一些果汁。

蘿拉姨婆說：「對了，剛才被這位小朋友打斷的時候，我正想要說昨天的一次奇遇……」

「說到奇遇，你們一定會覺得阿戈通和提奧多的故事很有趣。有一天，我爸爸的船抵達了新加坡，船上需要再添一個水手，於是我們就雇用了阿戈通。阿戈通的身高高達兩公尺半，而且長得好瘦好瘦，瘦到他跑過來的時候，身上的骨頭會喀嚓喀嚓響，就像一隻生氣的響尾蛇尾巴一樣。他的頭髮黑得像烏鴉，一直長到他的腰間，他的嘴裡只有一顆尖牙，但是那顆牙很長，一直長到他的下巴。爸爸覺得阿戈通長得太醜了，起初還不想讓他上船，但是後來爸爸說，如果想要嚇唬野馬，這個人就能派上用場。接著我們抵達了香港，船上需要再添一名水手，於是我們雇用了提奧多。他的身高高達兩公尺半，一頭烏黑的頭髮長到腰際，嘴裡只有一顆尖牙。阿戈通和提奧多實在長得太像了，簡直就像是雙胞胎。」

「這很奇怪。」蘿拉姨婆說。

「奇怪？」皮皮問：「這有什麼好奇怪的？」

「他們長得這麼像，」蘿拉姨婆說：「真的很奇怪！」

「才不呢，」皮皮說：「這一點也不奇怪，因為他們就是雙胞胎啊！打從一出生就是雙胞胎了。」

皮皮用責備的表情看著蘿拉姨婆。

「我不明白妳的意思，蘿拉姨婆。如果一對可憐的雙胞胎剛好長得很像，這有什麼好大驚小怪的呢？他們也沒有辦法選擇呀。親愛的姨婆，妳以為會有人自願長得像阿戈通嗎？也不會有

人自願長得像提奧多的。」

「喔，」蘿拉姨婆說：「那妳為什麼說那是一個奇遇呢？」

「只要能在這個下午茶聚會說得上話，我就會告訴你們一些奇遇。對了，你們知道嗎？阿戈通和提奧多的身上都有些奇怪的地方。他們走路的時候會內八，每走一步，右腳的大拇趾就會碰到左腳的大拇趾。這不就是個奇遇嗎？至少那兩個大拇趾是這麼想的。」

皮皮又拿了一塊乾麵包。蘿拉姨婆站起來，準備離開了。

「蘿拉阿姨，妳不是想告訴我們昨天發生的怪事嗎？」塞特格林太太說。

「改天我再跟你們說吧，」蘿拉姨婆說：「仔細想想，那也算不上什麼怪事。」

她向湯米和安妮卡道別，然後摸了摸皮皮的紅髮。

「再見啦，小朋友。」她說：「妳說得沒錯，我覺得已經好多了，一點也不緊張了。」

「噢，真高興聽到妳這樣說，」皮皮用力擁抱了蘿拉姨婆，「姨婆，妳知道嗎？我們在香港雇用提奧多的時候，爸爸很滿意，他說現在我們可以嚇唬雙倍的馬了。」

第三章　皮皮找到「斯普克」

一天早上，湯米和安妮卡跟平常一樣跑進皮皮家的廚房，大喊著：「早安！」但是他們沒有聽到回答。皮皮坐在廚房餐桌的正中央，手裡抱著小猴子尼爾森先生，脣邊掛著一抹幸福的微笑。

「早安。」湯米和安妮卡又說了

一次。

「你們猜猜看，」皮皮帶著作夢的神情說：「猜猜看我想到了什麼！剛好是我想到的，不是別人喔！」

「妳到底想到了什麼？」湯米和安妮卡問。皮皮總是有滿腦子的主意，所以他們一點也不覺得奇怪，但是他們很想一探究竟，「皮皮，妳到底想到了什麼？」

「一個新詞，」皮皮開心的看著湯米和安妮卡，「一個嶄新的詞！」

「哪個詞？」湯米問。

「一個美妙的詞，」皮皮說：「是我聽過最棒的詞。」

「那妳說來聽聽吧。」安妮卡說。

「斯普克！」皮皮得意的說。

「斯普克？」湯米問：「這個詞是什麼意思？」

「要是我知道就好了，」皮皮說：「我只知道那不是吸塵器。」

湯米和安妮卡想了一下，然後安妮卡說：「如果妳不知道那是什麼意思，這個詞就沒什麼用了！」

「對啊，所以我很苦惱！」皮皮說。

「究竟是誰最先想出來每個字詞的意思呢？」湯米問。

「大概是一群老教授吧，」皮皮說：「而且這些人很奇怪，什麼詞都想得出來！浴缸啦、木樁啦、繩子啦——沒人知道他們是怎麼想出來的，可是『斯普克』這個美妙的詞他們想不到。我能想到這個詞真是太幸運了！而且我一定會弄清楚它是什麼意思。」

皮皮想了一會兒，猶豫的說：「斯普克！會不會是一根藍色旗桿的頂端呢？」

「可是沒有漆成藍色的旗桿呀。」安妮卡說。

「的確沒有，妳說得對。唉，那我就真的不知道了。它會不會是當妳走在爛泥巴裡，爛泥從腳趾間擠出來的聲音？我們來聽聽看像不像吧：『安妮卡在爛泥巴裡踩來踩去，於是我們聽見了最響亮的斯普克。』」

皮皮搖了搖頭。「不，不對，我們聽見的應該會是最響亮的『嘰嘰噗』才對。」

皮皮抓了抓自己的頭。

「事情愈來愈神祕了。不管這個詞代表什麼意思，我都會弄清楚。也許我們可以在商店裡買到？走，我們去店裡問一問。」

湯米和安妮卡不反對。皮皮走向她那個裝滿金幣的皮箱。

「斯普克，」她說：「聽起來好像很貴，我最好帶著一枚金幣出門。」

皮皮拿了一枚金幣，尼爾森先生跟平常一樣跳上她的肩膀，接著，她把那匹馬從門廊上抬下來。

「這件事很急迫，」她向湯米和安妮卡說：「我們騎馬去吧，不然等我們到了店裡，斯普克說不定就賣完了。如果最後一個斯普克被鎮長買走，我也不會感到驚訝。」

那匹馬載著皮皮、湯米和安妮卡，在小鎮的街道上奔馳，馬蹄落在石板路上，發出很大的聲響。鎮上的小孩聽見了，全都開心的跑過來，因為大家都很喜歡皮皮。

「皮皮，妳要去哪裡？」他們大喊。

「我要去買斯普克。」皮皮說著，勒住了馬，讓馬停下來。

那群小孩站在原地，露出疑惑的表情。

「那是什麼好吃的東西嗎？」一個小男孩問。

「這還用說！」皮皮用舌頭舔了舔嘴脣，「味道好極了。至少聽起來很好吃。」

皮皮在一家糕餅店前面跳下馬，再把湯米和安妮卡抱下來，三人一起走進店裡。

「我想買一袋斯普克，」皮皮說：「但是要脆一點。」

「斯普克？」櫃臺後面的漂亮女店員想了一下，說：「我們店裡沒有賣。」

「不，你們店裡一定有，」皮皮說：「每家像樣的商店一定都有賣。」

「對，可是已經賣完了。」女店員從來沒有聽過斯普克這個東西，但是她不願意承認自己店裡賣的東西不夠齊全。

「噢，難道你們昨天有賣嗎？」皮皮興奮的大喊：「親愛的小姐，請告訴我它是什麼模樣？我這輩子還沒有見過呢！斯普克有紅色條紋嗎？」

漂亮的女店員脹紅了臉，說：「唉，其實我不知道那是什麼東西！總之我們店裡沒賣。」

皮皮失望的走出店面。

「那我只好繼續尋找了，」她說：「沒買到斯普克，我就不回家。」

下一間商店是一家五金行。店員有禮貌的向三個孩子鞠躬行禮。

「我想買一個斯普克，」皮皮說：「但是要品質最好的，可以用來打死獅子的那一種。」

店員露出調皮的表情。

「讓我想想，讓我想想。」他一邊說，一邊搔著自己的耳朵，然後拿出一個小鐵耙交給皮皮。

「是這個嗎？」他問。

皮皮生氣的看著他。

「這是那些教授稱為耙子的東西，」她說：「我要的是斯普克，你別想欺騙天真的小孩。」

店員笑了。他說：「可惜我們店裡沒有這種東西。妳去轉角那間針線行問問看吧。」

「針線行，」皮皮嘟囔著，和湯米還有安妮卡回到街上，「我知道那裡不會有斯普克。」

有一會兒，皮皮看起來很難過，但是她的表情立刻開朗起來。

「說不定斯普克是一種疾病，」她說：「我們去問問看醫生吧。」

安妮卡知道醫生在哪裡，因為她去那裡打過預防針。

皮皮按了門鈴。一位護士前來開門。

「醫生在嗎？」皮皮問：「我們為了一種非常嚴重的疾病而來。」

「請進，醫生在這扇門後面。」護士說。

三個小孩走進來的時候，醫生正坐在辦公桌前。皮皮直接走到醫生面前，閉上眼睛，伸出舌頭。

「妳哪裡不舒服？」醫生問。

皮皮睜開明亮的藍眼睛，把舌頭縮回嘴裡。

「我擔心我得了斯普克，」她說：「因為我全身癢得要命，而且睡覺的時候眼睛會完全閉上，有時候還會打嗝。上個星期天，我吃了一盤鞋油配牛奶，後來就覺得很不舒服。我的胃口很好，但是吃的東西常常會跑進氣管，吃了也等於白吃。我一定是得了斯普克，你只要告訴我一件事就好：這種疾病會傳染嗎？」

醫生看了看皮皮那張健康的小臉，然後說：「我認為妳比大多數的人健康，我很確定妳沒有得到斯普克這種病。」

皮皮興奮的抓住醫生的手臂。

「的確有一種病叫斯普克對不對？」

「不對，」醫生說：「沒有這種病。就算有這種病，我也不認為妳會得到。」

皮皮看起來很洩氣。她在醫生面前行了一個屈膝禮，安妮卡也一樣，湯米則是彎腰鞠躬。他們走出門去找那匹馬，那匹馬就在屋子前面的籬笆旁邊等待。

不遠的地方矗立著一棟三層樓房，頂樓有一扇窗戶開著。皮皮指著那扇窗戶說：「如果斯普克在那上面，我也不會感到驚訝。我要爬上去瞧一瞧。」

她攀著排水管迅速往上爬，等她爬到那扇窗戶的高度，便不假思索的縱身一跳，抓住窗臺的鐵皮。皮皮用手臂撐起上半身，把頭探進那扇打開的窗戶。

房間裡有兩位女士，正好坐在窗前聊天。一個長著紅髮的腦袋從窗臺上冒出來，用禮貌的聲音問：「請問這間房裡有沒有斯普克？」兩位女士驚訝不已，嚇得驚聲尖叫。

「老天爺保佑，孩子啊，妳在說什麼？有什麼東西跑出來了嗎？」

「這正是我想知道的事。」皮皮有禮貌的說。

「噢，他會不會躲在床底下！」其中一位女士尖叫起來，「他會咬人嗎？」

「可能會喔，」皮皮說：「他好像長著可怕的獠牙。」

兩位女士嚇得緊緊抱住彼此。皮皮興味盎然的東看看、西看看，最後沮喪的說：「不，這裡連斯普克的一根鬍鬚都沒有。對不起，打擾了！我只是湊巧路過這裡，所以來問問看。」

她又沿著排水管爬下樓。

「真難過，」她對湯米和安妮卡說：「這座小鎮上沒有斯普克，我們騎馬回家吧。」

於是，他們就騎馬回家了。他們在門廊前跳下馬背時，湯米差點踩到一隻正在沙土路上爬行的小甲蟲。

「噢，小心點，有一隻甲蟲！」皮皮大喊。

他們三個蹲下來打量那隻甲蟲。牠好小、好小，綠色的翅膀像金屬一樣閃閃發亮。

「這隻甲蟲真漂亮，」安妮卡說：「好想知道牠是哪種甲蟲。」

「不是金龜子。」湯米說。

「不是糞金龜，」安妮卡說：「也不是鍬形蟲。牠到底是什麼蟲呢？」

皮皮的臉上綻放出幸福的微笑。

「我知道，」她說：「這是一隻斯普克。」

「妳確定嗎？」湯米問。

「如果有一隻斯普克出現在我面前，你覺得我會認不出來嗎？」皮皮說：「你這輩子見過這麼像斯普克的東西嗎？」

她小心翼翼的把那隻甲蟲移到一個安全的地方，以免被人踩到。

「我親愛的小斯普克，」皮皮溫柔的說：「我就知道最後一定會找到。但是說也奇怪，為了找到斯普克，我們跑遍了整個小鎮，結果牠卻一直在亂糟糟別墅的門口呢。」

第四章　皮皮舉辦口試

漫長美好的暑假結束了，湯米和安妮卡又得回去學校上課。她皮皮還是跟以前一樣，認為自己懂得夠多，所以不必去上學。她斬釘截鐵的說自己不打算踏進學校一步，除非有一天，她發現不會寫「暈船」這兩個字就活不下去，她才會去學校。

「可是我從來不暈船，所以暫時不必擔心這兩個字該怎麼寫，」皮皮說：「再說，萬一我哪天真的暈船了，到時候還會有別的事要忙，所以也不必傷腦筋去想這個詞該怎麼寫。」

「妳鐵定不會暈船的。」湯米說。

他說得沒錯。在皮皮搬進亂糟糟別墅之前，還有她爸爸成為塔卡圖卡島的國王之前，皮皮曾經跟爸爸一起在大海上四處航行，但是皮皮從來不曾暈船。

有時候皮皮興致一來，會騎馬去學校接湯米和安妮卡。

每當這個時候，湯米和安妮卡都會很高興。他們很喜歡騎馬，而且沒有幾個小孩能在放學時騎馬回家。

有一天，湯米和安妮卡在吃過午飯之後得再回學校，湯米說：「皮皮，今天下午妳來接我們吧。」

「對，妳來接我們吧，」安妮卡說：「因為羅森布隆小姐今天要發禮物給那些聽話又用功的小孩。」

羅森布隆小姐是鎮上一位富有的老太太。她很節儉，但是每半年會到學校一次，發禮物給小朋友。噢，當然不是所有小朋友都有禮物，只有那些很聽話、用功的小朋友才會收到。為了知道哪些小朋友真的很聽話、用功，羅森布隆小姐在發禮物之前，會花很多時間進行口試，所以鎮上的小孩都很怕她。

每一天，孩子們在該做功課的時候，如果想先去玩一下，爸爸媽媽就會說：「想想羅森布隆小姐吧！」

在羅森布隆小姐來學校的那一天，如果有小朋友回到家裡，連一點獎金、一袋糖果，甚至是一件內衣都沒有帶回來，那他在爸爸、媽媽、弟弟、妹妹的面前就太丟臉了。沒錯，一件內衣！因為羅森布隆小姐也會送衣服給貧窮的小孩。如果回答不出羅森布隆小姐提出的問題，例如：一公里等於幾公分，那麼這孩子再窮也沒有用，難怪鎮上的孩子都很害怕羅森布隆小姐。他們也很怕她的湯！因為羅森布隆小姐會讓每個小孩去量身高體重，看哪個孩子特別瘦弱，看起來像是在家裡吃不飽。這些貧窮又瘦弱的小孩就得在每天的午休時間，去羅森布隆小姐家喝一大碗湯。這本來是一件很棒的事，可惜湯裡有很多噁心的大麥米，喝下去嘴裡會有黏糊糊的感覺。

今天就是羅森布隆小姐要來學校的大日子。學校提早下課，讓全校的小朋友在操場上集合。操場中央擺了一張大桌子，羅森布隆小姐就坐在桌前，兩個助理坐在她的旁邊，負責寫下關於小朋友的所有資料，包括：他們的體重、會不會回答問題、家裡窮不窮、需不需要衣服、操行成績好不好、家裡有沒有弟弟妹妹也需要衣服——唉，羅森布隆小姐想知道的事情太多了，簡直沒完沒了。她前面的桌子上擺著一個錢箱和許多包糖果，還有疊得高高的一堆內衣、襪子和毛線褲。

「所有小朋友都過來排隊！」羅森布隆小姐大聲說：「家裡沒有弟弟妹妹的站在第一排；家裡有一、兩個弟弟妹妹的排在第二排；弟弟妹妹超過兩個的站在第三排。」

羅森布隆小姐喜歡所有事情都井井有條，而且比起沒有弟弟妹妹的小孩，家裡有許多弟弟妹妹的小孩應該拿到更大包的糖果，這樣才公平。

隊伍排好之後，就開始口試了。唉，小朋友們嚇得全身發抖！那些答不出來的小孩得先去角落罰站反省，之後還得空手回家，連一顆糖果也沒辦法帶回家給弟弟妹妹。

湯米和安妮卡都是好學生。儘管如此，安妮卡和湯米一起排隊的時候，安妮卡還是緊張得連頭上的蝴蝶結都在顫抖，湯米則是距離羅森布隆小姐愈近，他的臉色就變得愈蒼白。快輪到他的時候，沒有弟弟妹妹的那排隊伍忽然騷動起來。有人從那些小孩中間擠到前面，那個人不是別人，正是皮皮。她把那些小朋友推到旁邊，直接走到羅森布隆小姐面前。

「對不起，大家開始排隊的時候我還沒來。有人家裡有十四個兄弟姊妹，其中十三個是淘氣的小弟弟，但是我沒有，請問我應該排在哪一排呢？」

羅森布隆小姐皺起眉頭看著皮皮。

「妳可以先站在原地，」羅森布隆小姐說：「但是我猜，妳很快就會加入那些在角落罰站反省的小孩了。」

兩名助理把皮皮的名字登記在名單上，然後替她量了體重，看她需不需要去羅森布隆小姐家喝湯，但是皮皮超重了兩公斤。

「妳不能來喝湯。」羅森布隆小姐板著臉說。

「有時候就是運氣好，」皮皮說：「現在只要別拿到緊身內衣，我就可以鬆一口氣了。」

羅森布隆小姐沒理會皮皮。她在標準字典裡尋找一個艱澀的字，要皮皮拼寫出來。

「好了，親愛的孩子，」最後她說：「妳可以告訴我『暈船』怎麼拼嗎？」

「樂意之至，」皮皮說：「ㄩㄣ ㄘㄨㄢˊ。」

羅森布隆小姐露出挖苦的微笑。「哦，這樣啊，」她說：「標準字典裡可不是這麼寫的。」

「幸好妳想知道我會怎麼寫，」皮皮說：「ㄩㄣ ㄘㄨㄢˊ，我一向都是這樣寫的，而且一直活得很好。」

「記下來。」羅森布隆小姐對助理下達指示，並且凶巴巴的抿緊了嘴。

「對，記下來吧，」皮皮說：「記下這個字該怎麼寫，然後想辦法盡快修改標準字典。」

「現在，孩子，」羅森布隆小姐說：「請妳回答這個問題。國王卡爾十二世是哪一年去世的？」

「咦，他也死了嗎？」皮皮大喊：「這麼多人都上西天了，真是令人難過。如果他的腳一直保持乾爽，我敢保證他絕對不會死掉。」

「把她的話記下來。」羅森布隆小姐用冰冷的聲音對助理說。

「對，記下來吧，」皮皮說：「順便把這個祕方也寫下來。把水蛭放在身上有益健康，然後在睡前喝一點熱煤油，會讓人神清氣爽！」

羅森布隆小姐搖了搖頭。

「馬的臼齒為什麼會有凹槽？」她嚴肅的問。

「哦，妳確定馬的臼齒有凹槽嗎？」皮皮一邊思索一邊反問，「妳可以自己去問馬啊，牠就站在那裡。」皮皮指著她拴在樹下的馬，開心的笑了。

「幸好我把馬帶來了，」皮皮說：「否則妳永遠沒辦法知道馬的臼齒為什麼有凹槽。老實說，我不知道這個問題的答案，而且我也不會去問這種問題。」

羅森布隆小姐緊緊抿著嘴，把嘴巴抿成一條短短的線。

「不像話，太不像話了！」她嘀咕著。

「是啊，我也這麼覺得，」皮皮滿意的說：「如果我繼續應答如流，免不了要帶走幾條粉紅色的毛線褲。」

「記下來。」羅森布隆小姐對助理說。

「不用啦，這件事沒那麼重要，」皮皮說：「我其實沒有那麼想要粉紅色的毛線褲，但是你們可以記下來，我應該得到一大包糖果。」

「我想再問妳最後一個問題。」羅森布隆小姐的聲音聽起來很奇怪，像是從牙縫裡擠出來似的。

「好啊，妳儘管問，」皮皮說：「我喜歡這種動腦遊戲。」

「請妳回答這個問題，」羅森布隆小姐說：「彼得和保羅要分享一個蛋糕，如果彼得拿到四分之一，那麼保羅會得到多少？」

「保羅會肚子痛。」皮皮說著，轉身對那兩個助理認真的說：「請記下來，把『保羅會肚子痛』記下來。」

現在羅森布隆小姐受夠皮皮了。

「妳是我這輩子見過最沒有知識、最不聽話的小孩。妳馬上過去那邊站著，去罰站反省。」

皮皮聽話的走開，卻不高興的嘀咕，「不公平！為什麼我要去罰站？我明明回答了每一個問題！」

走了幾步之後，皮皮忽然想起一件事，於是又撐開手肘在人群中擠出一條路，迅速回到羅森布隆小姐面前。

「對不起，」她說：「我剛才忘記跟妳們說我的胸圍和身高了。請記下來，」她對那兩個助理說：「不是因為我想要喝湯，不是喔！但是紀錄一定要完整嘛。」

「如果妳不馬上過去那裡罰站反省，」羅森布隆小姐說：「那就有個小女孩要挨打了。」

「可憐的孩子！」皮皮說：「是誰？把她帶來找我，讓我來保護她。請記下來！」

皮皮說完，便走過去加入那些應該要反省的小孩。那裡的氣氛真是愁雲慘霧！想到自己今天不能帶獎金和糖果回家，爸爸、媽媽、弟弟、妹妹看到不知道會怎麼說，許多小孩就抽抽噎噎的哭了起來。

看著周圍哭泣的孩子，皮皮嚥了幾口口水，然後說：「現在我們自己來辦口試！」

那些小朋友的神情變得開朗一些了，但是他們還沒有真正明白皮皮的意思。

「你們排成兩排，」皮皮說：「知道卡爾十二世已經死掉的人排成一排，還沒聽說過的人排成另一排。」

所有小朋友都知道卡爾十二世已經死了，所以大家都排成一排。

「這樣不行，」皮皮說：「至少得排成兩排，否則就不對了。你們去問羅森布隆小姐，她會證明我說的沒錯。」

皮皮想了一下。

「我知道了，」最後她說：「所有受過完整訓練、道道地地的野孩子站成一排。」

「那麼……哪些人要站在第二排呢？」一個小女孩著急的問，她不想承認自己是個野孩子。

「還沒訓練完成的野孩子站在第二排。」皮皮說。

羅森布隆小姐的口試還在繼續進行，三不五時就會有哭哭啼啼的小孩走過來，加入皮皮這邊。

「接下來的問題比較難喔，」皮皮說：「來看看你們有沒有好好做功課。」

她轉身面向一個穿著藍襯衫的瘦小男孩。

「喂，」皮皮說：「說出一個已經死掉的人的名字。」

男孩露出疑惑的表情，可是他立刻回答：「住在五十七號的彼得森老太太。」

「厲害喔，」皮皮說：「你知道還有誰嗎？」

小男孩不知道，於是皮皮把雙手放在嘴巴前面，做成漏斗的形狀，像是要說悄悄話，但是她的聲音大到其他人也聽得見：「還有卡爾十二世！」

接下來，皮皮按照順序問了每一個小孩，問他們知不知道有誰死掉了。所有的小孩都回答：「住在五十七號的彼得森老太太，還有卡爾十二世。」

「這場口試出乎意料的順利，」皮皮說：「現在我只想再問你們一個問題：如果彼得和保羅要分享一個蛋糕，可是彼得只想坐在角落吃四分之一個乾巴巴的蛋糕，絕對不肯多吃，那麼誰要犧牲自己把剩下的蛋糕全塞進肚子裡？」

「保羅！」所有的小孩齊聲大喊。

「我真想知道，世界上哪裡還有像你們這麼聰明的小孩！」皮皮說：「現在你們應該要得到一點獎勵。」

皮皮從口袋裡掏出一大把金幣，分給每個小孩一枚，又從背包裡拿出許多包糖果，每個小孩都拿到一大包。

那群原本應該罰站反省的小孩，現在全都變得歡天喜地。等到羅森布隆小姐的口試結束，所有小朋友都能回家時，跑得最快的就是那些原先在角落裡罰站的小孩。不過在回家之前，他們全都擠到皮皮身邊。

「謝謝，親愛的皮皮，」他們說：「謝謝妳送我們金幣和糖果！」

「喔，沒什麼，」皮皮說：「你們不需要為了這個感謝我。可是我救了你們，讓你們不必拿到粉紅色毛線褲，這一點你們永遠不能忘記喔！」

第五章　皮皮收到一封信

日子一天天過去，秋天來臨了。等到秋天一過，冬天就來了，一個寒冷漫長的冬天，感覺像是永遠不會結束。湯米和安妮卡忙於課業，感覺愈來愈疲倦，每天早上要早起上學變得愈來愈困難。由於他們臉色蒼白、胃口不好，讓塞特格林太太十分擔心。更糟糕的是，兄妹倆忽然得了痲疹，必須在床上休養兩個星期。

幸好皮皮每天都會到他們的窗前表演特技，不然這兩個星期就會無聊透頂。因為痲疹有傳染的危險，醫生不准皮皮進入病人的房間，以免被傳染。皮皮聽話照做，雖然她自認為一個下午就能用指甲捏碎十幾二十億個痲疹細菌。

不過沒人禁止她在窗前表演特技。兄妹倆住的小孩房位在二樓，於是皮皮把梯子架在窗前。湯米和安妮卡躺在床上，興奮的猜想皮皮會以什麼模樣出現在窗前的梯子上。皮皮每天都會打扮成不同模樣，有時候她會打扮成掃煙囪的人，有時候則是裹著白色斗蓬假裝成鬼，有時候又裝扮成巫婆。偶爾她會在窗前演出滑稽的喜劇，所有角色都由她一人包辦。偶爾她會在梯子上表演特技體操——那是多麼的驚人啊！她站在梯子最頂端的橫木上，讓梯子左右搖晃，嚇得湯米和安妮卡放聲

尖叫，以為皮皮隨時都會摔下去。皮皮當然沒有摔下去，她那麼做只是為了逗湯米和安妮卡開心。她每次從梯子爬下去的時候，總是喜歡頭下腳上的倒著爬。

皮皮每天都會去鎮上買蘋果、柳橙和糖果。她把所有東西都放進一個籃子，再綁上一條長長的繩子，讓尼爾森先生帶著那條繩子爬上去找湯米。湯米會打開窗戶，把籃子拉上去。有時候皮皮太忙，沒辦法親自過來，就會讓尼爾森先生帶來她寫的信，但是這種情形不常發生，因為皮皮幾乎整天都待在梯子上。有時候她會把鼻子貼在窗戶玻璃上，翻白眼做出各種恐怖的鬼臉，然後對湯米和安妮卡說，只要他們能夠忍住不笑，就能得到一枚金幣。可是湯米和安妮卡實在忍不住，總是笑得差點從床上滾下來。

兄妹倆漸漸痊癒，可以下床了。可是他們的臉色看起來那麼蒼白，身體是那麼瘦弱！他們下床的第一天，皮皮坐在他們家的廚房，看著他們吃燕麥粥。意思是，他們應該吃掉燕麥粥，他們卻食不下嚥。看他們坐在那裡用湯匙撥弄食物，他們的媽媽緊張起來。

「你們趕快把好吃的燕麥粥吃掉。」媽媽說。

安妮卡用湯匙在碗裡攪動了一下，但是她實在嚥不下去。

「為什麼我非吃不可呢？」安妮卡抱怨。

「妳怎麼會問這麼蠢的問題！」皮皮說：「妳當然得吃掉燕麥粥，如果不吃掉，妳就沒辦法長得又高又壯。如果妳沒辦法長得又高又壯，那麼等妳有了小孩，妳就沒辦法逼妳的孩子吃燕麥粥。不，安妮卡，這樣可不行。如果每個人都像妳這樣，這個國家吃燕麥粥的秩序會被弄得一團亂。」

湯米和安妮卡各吃了兩匙燕麥粥。皮皮很關心的看著他們。

「你們應該要在海上待一段時間，」她一邊說，一邊把椅子搖來搖去，「這樣你們很快就能學會吃東西了。我還待在爸爸船上的時候，有一天早上，船上一個名叫佛里多的水手只吃了七碗粥，看見他的胃口變這麼差，爸爸擔心得不得了。『親愛的佛里多啊，』爸爸幾乎是哭著說：『我擔心你得了慢性病，你今天最好待在艙房裡休息，等你覺得好一點，能夠正常吃飯再出來。我會替你蓋好被子，給你一些強身健體的藥。』」

皮皮接著說：「佛里多踉踉蹌蹌的爬上床，因為他也很害怕，不知道自己感染了什麼怪病，害他只吃得下七碗粥。他躺在床上，不知道自己能不能活到晚上。這時候，爸爸帶著藥來了。那是一種黑黑的藥，很難吃，但是不管怎麼說，那個藥能讓人振奮起來。佛里多才吃了一匙藥，嘴裡就好像要噴出火來。他大叫一聲，聲音大到整艘『霍普托瑟號』都跟著震動，方圓五十海里以內的船隻都聽得見。佛里多大吼大叫的衝出艙房，接著又衝進廚房，那時候船上的廚師還沒有把大家吃剩的早餐收走。佛里多衝到餐桌旁，開始吃粥，一連吃了十五碗還在喊餓。可是粥已經吃光了，廚師沒有別的辦法，只好把冷掉的水煮馬鈴薯扔進佛里多張大的嘴巴。只要廚師臉上露出想要停手的表情，佛里多就會發出怒吼，讓廚師明白如果不想被吃下肚，就得繼續把馬鈴薯扔進佛里多的嘴裡。可是廚師只有一百一十七顆小小的馬鈴薯，等到把最後一顆馬鈴薯扔進佛里多的嘴裡，廚師就一個箭步衝出門外，並且把門鎖上。我們全都站在門外，從一扇窗戶觀察佛里多。他像個肚子餓的小孩一樣哭哭啼啼，三、兩下就吃掉了裝麵包的大碗、一個水壺和十五個盤子。然後他撲向桌子，折斷四條桌腳塞進嘴裡，木屑不停從他的嘴角飛出來，他還說這蘆筍吃起來怎麼這麼像木頭。佛里多似乎覺得桌面比較好吃，因為他咂著嘴說這是他有生以來吃過最好吃的奶油麵包。這時候，爸爸覺得佛里多的慢性病已經痊癒了，於是走進廚房要佛里多控制一下自己，再等兩小時就可以吃午餐了，到時候有豬肉和蔬菜泥可吃。『遵命，船長，』佛里多抹了抹嘴巴說：『另外還有一件事，船長，』佛里多接著說，一雙眼睛興奮得發亮，『晚餐幾點吃呢？能不能早點吃？』」

皮皮歪著頭，看看湯米和安妮卡，再看看他們碗裡的燕麥粥。

「就像我剛才說的，你們應該在海上生活一段時間，這樣你們胃口不好的毛病就能治好了。」

就在這個時候，前往亂糟糟別墅的郵差從塞特格林家旁邊經過。他從窗外看見了皮皮，於是大喊：「長襪皮皮，這裡有一封妳的信！」

皮皮驚訝得差點從椅子

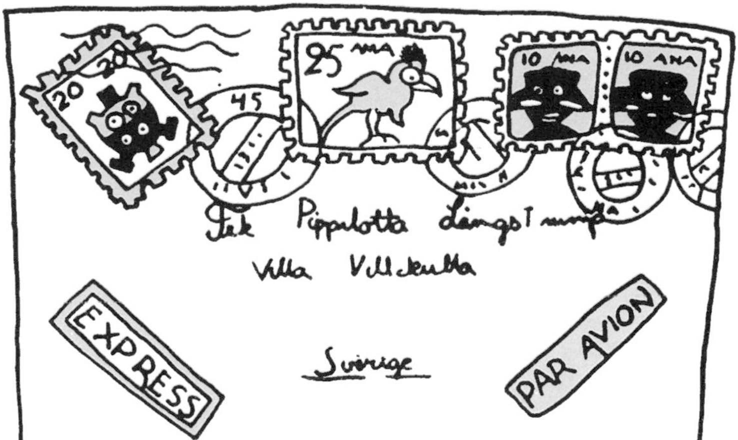

上摔下來。

「一封信！給我的？一封真正的信？我要親眼看見才會相信。」

那的確是一封真正的信，上面貼著好幾張稀奇古怪的郵票。

「湯米，你來讀一下吧，你比較會讀。」皮皮說。於是湯米把信唸了出來。

「親愛的皮皮洛塔，」他讀著，「當妳收到這封信的時候，妳隨時可以到碼頭來看看『霍普托瑟號』進港了沒有。我打算接妳到塔卡圖卡島上住一陣子。妳爸爸在島上成了很有權勢的國王，妳應該來認識一下這片土地。這裡真的很舒服，我相信妳一定會喜歡這裡。我那些忠誠的子民都很想要認識皮皮洛塔公主，他們已經聽說過很多關於妳的事。其他的事我就不多說了。妳就來吧，這是我身為國王和父親的願望。老爸給妳一個響亮的吻，衷心的問候妳！國王艾弗朗．長襪一世塔卡圖卡島上的唯一統治者。」

湯米讀完這封信的時候，房間裡一片悄然無聲。

第六章　皮皮出航了

在三月裡的一個美好早晨，「霍普托瑟號」駛進了港口，船上從頭到尾掛滿了大大小小的旗幟。

小鎮的樂隊站在碼頭上，賣力的吹奏一首優美的歡迎曲。鎮上的居民都聚集在碼頭上，想看皮皮要怎麼迎接她的父親，國王艾弗朗・長襪一世。一位攝影師也在現場，準備替報社拍一張皮皮父女重逢的照片。

皮皮迫不及待的跳上跳下，登船板還沒有完全架好，長襪船長和皮皮就在熱烈的歡呼聲中奔向彼此。長襪船長見到女兒非常高興，把皮皮高高的拋向空中好幾次。皮皮也非常開心，她把爸爸拋到半空中更多次。只有攝影師不太高興，因為皮皮和她爸爸輪流被拋到半空中，讓他很難拍到好照片。

現在，湯米和安妮卡也走過來向長襪船長問好，但是他們兩個臉色蒼白，看起來好可憐！這是他們生病之後第一次出門。

皮皮當然要上船去和佛里多還有其他水手朋友打招呼。湯米和安妮卡也可以跟她一起上船。在一艘來自遠方的船上走來走去，感覺很奇妙，湯米和安妮卡睜大了眼睛，什麼都不想錯過。他們特別想見阿戈通和提奧多，但是皮皮說他們很久以前就不在船上工作了。

皮皮用力擁抱每一位水手，但是她的力氣太大，害那些水手有五分鐘的時間幾乎無法呼吸。然後她把長襪船長扛在肩膀上，就這樣穿過人群，一路走回亂糟糟別墅。湯米和安妮卡也手牽著手跟在後面。

「艾弗朗國王萬歲！」眾人高聲歡呼，覺得這是小鎮歷史上的大日子。

幾個小時之後，長襪船長躺在亂糟糟別墅的床上睡著了，他的鼾聲震動了整棟屋子。皮皮、湯米和安妮卡坐在廚房的餐桌旁，桌面上還擺著剛才那頓豐盛晚餐的剩菜。

湯米和安妮卡很安靜，像是有心事。他們在想什麼呢？嗯，安妮卡在想，死掉是不是比活著好一點？而湯米就只是坐在那裡，努力回想世界上究竟有沒有什麼真正有趣的事，但是他想不出來，他覺得生活簡直就像是一座沙漠。

但是皮皮的心情很好，她拍了拍在桌面盤子之間爬來爬去的尼爾森先生，也拍了拍湯米和安妮卡，她一會兒吹口哨，一會兒唱歌，偶爾還會跳幾段輕快的舞步，似乎完全沒有察覺到湯米和安妮卡情緒低落。

皮皮說：「再度出海航行一定很棒。你們想想，大海是多麼的自由自在！」

湯米和安妮卡嘆了一口氣。

「我真的很期待認識塔卡圖卡島。你們想像一下平躺在沙灘上，把大拇趾伸進真正的南太平洋。只要張開嘴巴，就會有熟透的香蕉掉進嘴裡！」

湯米和安妮卡又嘆了一口氣。

「我想跟島上的黑人小孩一起玩一定很有趣。」皮皮繼續說。

湯米和安妮卡再嘆了一口氣。

「你們為什麼嘆氣？」皮皮問：「你們不喜歡可愛的黑人小孩嗎？」

「當然喜歡，」湯米說：「可是我們在想，可能要過很久，妳才會再回到亂糟糟別墅。」

「喔，這是當然的，」皮皮愉快的說：「但是我一點也不難過。在塔卡圖卡島生活，說不定更有趣。」

安妮卡蒼白的臉上露出絕望的表情，她看著皮皮說：「噢，皮皮，妳打算離開多久？」

「嗯，這很難說，也許會到聖誕節那時候吧。」

安妮卡嗚咽起來。

「誰知道呢，」皮皮說：「說不定塔卡圖卡島上的生活太美好，讓人想要永遠待在那裡。噢耶！」她又跳了一段新舞步，「對一個像我這樣沒受過什麼學校教育的人來說，能當上塔卡圖卡公主，這個職業還挺不賴的呢。」

湯米和安妮卡的眼睛，在他們蒼白的臉上看起來好空洞，而且安妮卡忽然趴在桌子上淚流滿面。

「不過認真想一想，我應該不會想要一直待在那裡，」皮皮說：「宮廷生活過久了，可能也會令人厭煩。然後有一天，我也許會說：『湯米和安妮卡，我們再搭船出海，回亂糟糟別墅吧，你們覺得怎麼樣？』」

「如果妳這樣寫信告訴我們，那就太好了！」湯米說。

「寫信！」皮皮大喊：「你們腦袋上長了耳朵嗎？我才不要寫信，直接跟你們說：『湯米和安妮卡，現在我們搭船回家，回亂糟糟別墅去。』就行啦。」

安妮卡抬起頭。湯米說：「妳這話是什麼意思？」

「我這話是什麼意思？」皮皮反問：「你們聽不懂國語嗎？還是我忘了告訴你們，你們應該跟我一起去塔卡圖卡島？我以為我已經說過了。」

湯米和安妮卡跳了起來，興奮得喘不過氣。但是湯米接著說：「唉，妳說得倒容易！爸爸媽媽絕對不會讓我們去的！」

「喔，當然會！我已經跟你們的媽媽講過了。」

亂糟糟別墅的廚房安靜了整整五秒鐘，然後傳出了兩聲尖叫，是湯米和安妮卡高興的歡呼。尼爾森先生正坐在餐桌上，想把奶油抹在帽子上，這時也驚訝的抬起頭來。當牠看見皮皮、湯米和安妮卡手牽著手瘋狂的跳舞，牠更驚訝了。他們一邊跳、一邊叫，把天花板上的吊燈都震得掉了下來。於是尼爾森先生把奶油抹刀扔出窗外，跟著他們跳起舞來。

等他們冷靜下來，鑽進木箱討論這件事的時候，湯米問：「這是真的嗎？千真萬確？」

皮皮點了點頭。

沒錯，這是真的。湯米和安妮卡可以一起搭船去塔卡圖

卡烏。當然，這座小鎮上的大嬸和阿姨都對塞特格林太太說：「妳不會讓妳家小孩跟長襪皮皮一起去南太平洋那麼遠的地方吧？妳不會是認真的吧！」

可是塞特格林太太說：「為什麼不讓他們去呢？這兩個孩子剛生過一場病，醫生說他們需要換個環境。而且從我認識皮皮以來，她沒有做過會傷害湯米和安妮卡的事，沒人比皮皮更愛護他們了。」

「喔，可是她畢竟是長襪皮皮呀！」那些大嬸和阿姨皺起鼻子這麼說。

「沒錯，」塞特格林太太說：「長襪皮皮也許不是一直很有禮貌，但是她有一顆善良的心。」

於是，在一個寒冷的春天夜晚，湯米和安妮卡有生以來第一次離開這個很小、很小的小鎮，和皮皮一起搭船航向廣大而奇妙的世界。當清新的晚風吹動「霍普托瑟號」的船帆，他們三個都站在船舷欄杆旁。說得更準確一點，是他們五個，因為那匹馬和尼爾森先生也一起上船了。

湯米和安妮卡班上的同學都站在碼頭上，他們既難過又羨慕，差點就要哭了。明天他們得和平常一樣去上學，地理課的作業就是南太平洋上所有的島嶼。湯米和安妮卡有一段時間不必寫作業了，醫生說：「健康比寫作業更重要。」

「他們可以去實地探索那些南太平洋島嶼。」皮皮說。

湯米和安妮卡的爸媽也站在碼頭上。看見爸爸、媽媽用手帕拭淚，湯米和安妮卡的心情變得有點沉重。儘管如此，他們還是忍不住感到開心，開心到幾乎覺得心痛。

「霍普托瑟號」緩緩的駛離碼頭。

「湯米、安妮卡，」塞特格林太太大喊：「等你們到了北海，記得穿上兩件內衣保暖，還有……」

她想說的話被一陣嘈雜聲給淹沒了：碼頭上人群的道別聲、那匹馬的嘶鳴、皮皮的歡呼，還有長襪船長用力擤鼻子的聲音。

旅程開始了，「霍普托瑟號」在星空下揚帆出海。冰塊在船頭飛舞，海風在船帆間嗚唱。

「噢，皮皮，」安妮卡說：「我有一種奇怪的感覺。我開始在想，長大以後也要跟妳一樣當海盜了。」

第七章　皮皮上岸了

「塔卡圖卡島就在正前方！」皮皮在一個晴朗的早晨大喊。她站在瞭望臺上眺望，身上只圍著一件短短的圍裙。

他們日以繼夜的航行了好幾個星期、好幾個月，經歷過驚濤駭浪的海洋，行駛過風平浪靜的海面，有時在星光和月光下，有時在黑壓壓的烏雲下，有時則是在炙熱的陽光下航行。是啊，他們已經航行了好久，久到湯米和安妮卡幾乎忘記了以前在家鄉小鎮的生活。

要是媽媽看見他們現在的樣子，她一定會大吃一驚。他們的臉頰不再蒼白，被陽光晒成了健康的褐色，而且還像皮皮一樣，靈活的在船上爬來爬去。

隨著氣候愈來愈暖和，他們把身上的衣服一層一層脫掉。這兩個孩子原本裹著厚重的衣物，經過北海時還穿了兩件保暖內衣，但是現在他們晒得黝黑、打著赤膊，身上只圍著一條短短的圍裙。

「噢，我們的生活好棒啊！」每天早上，當他們在船艙裡醒來，湯米和安妮卡都會這樣說。他們和皮皮住同一間房，不過這個時候皮皮通常已經起床去掌舵了。

長襪船長常說：「在七大洋上航行的水手，沒人比我的女兒更能幹。」他說得一點也沒錯。皮皮穩穩的掌舵，帶領「霍普托瑟號」穿過滔天巨浪，避開險惡的水底暗礁。現在，他們即將抵達這趟旅程的終點。

「塔卡圖卡島就在正前方！」皮皮大喊。

沒錯，塔卡圖卡島就躺在一片綠色的棕櫚樹下，被全世界最藍的海水圍繞。

兩個小時之後，「霍普托瑟號」駛進小島西側的一個小海灣。島上所有居民都站在海灘上，不分男女老少都在歡迎他們的國王和他的紅髮女兒。當下船梯一放下，人群中便爆出一陣歡呼。

他們高喊著：「烏撒姆庫拉，庫叟姆卡拉！」意思是：「歡迎我們白白胖胖的酋長！」

艾弗朗國王穿著藍色燈心絨西裝，威風凜凜的從船上走下來，佛里多則在甲板上用手風琴演奏塔卡圖卡島的新國歌〈吵吵鬧鬧的瑞典人來了〉。

艾弗朗國王舉起手跟大家打招呼，大喊著：「姆歐尼馬納納！」意思是：「大家好！我回來了！」

皮皮扛著那匹馬，跟在爸爸後面下了船。島上居民發出一陣驚嘆。他們當然聽說過皮皮的力氣大得驚人，但是親眼見到又是另外一回事了。湯米、安妮卡和全體船員也悄悄上了岸，但是在這一刻，島上居民的眼裡就只有皮皮。長襪船長把皮皮扛在肩上，讓大家都能好好看看她，人群也在這時響起一陣驚嘆。緊接著，換皮皮把長襪船長扛在肩膀上，另一邊則扛著那匹馬的時候，眾人發出的驚嘆簡直就像颶風一樣震耳欲聾。

塔卡圖卡島上的居民總共只有一百二十六人。

「這樣的子民人數剛剛好，」艾弗朗國王說：「人數更多的話就照顧不來了。」

他們全都住在棕櫚樹間的舒適小屋裡。最大、最漂亮的小屋屬於艾弗朗國王。「霍普托瑟號」的船員也有屬於自己的小屋，當「霍普托瑟號」停泊在小海灣裡的時候，他們就住在自己的小屋裡。順帶一提，「霍普托瑟號」幾乎一直停在小海灣裡，偶爾才會前往位於北方五十海里的一座小島。那座小島上有一間商店，可以買到長襪船長需要的鼻菸。

在一棵椰子樹下，有一間新蓋好的漂亮小屋，那是替皮皮準備的，屋裡也有足夠的空間讓湯米和安妮卡居住。可是在他們走進小屋、打開行李之前，長襪船長想要先讓他們看一件東西。他拉著皮皮的手臂，帶她回到海灘上。

「就是這裡，」長襪船長伸出胖胖的食指說：「在我被暴風雨吹落海中之後，這裡就是我當年被海水沖上岸的地方。」

為了紀念這件事，塔卡圖卡島上的居民在那裡豎立了一塊石碑，石碑上用塔卡圖卡語刻著：「我們白白胖胖的酋長遠渡重洋來到這裡。這裡是他被海水沖上岸的地方，當時正是麵包樹開花的季節。但願他永遠都像剛來到這裡的時候一樣又胖又壯。」

長襪船長把刻在石碑上的文字大聲唸給皮皮、湯米和安妮卡聽，他感動得聲音都在顫抖。唸完之後，長襪船長用力擤了擤鼻子。

太陽漸漸西下，準備消失在無邊無際的南太平洋。塔卡圖卡島上的居民打起鼓來，用鼓聲召集大家到村子中央的廣場，這座廣場是用來舉行慶典和治理國家的。

廣場上擺著艾弗朗國王的漂亮王座。王座用竹管編成，裝飾著美麗的紅色朱槿花，他處理國事的時候就坐在這張寶座上。塔卡圖卡人也替皮皮做了一個比較小的王座，擺在她爸爸的座位旁邊。他們也趕工替湯米和安妮卡做了兩張小竹椅。

當艾弗朗國王很有威嚴的在王座上坐下，隆隆的鼓聲也愈來愈大。他不再穿著燈心絨西裝，而是換上了國王的裝束：頭戴王冠，腰繫草裙，脖子上掛著用鯊魚牙齒串成的項鍊，腳踝上戴著粗大的腳環。皮皮輕鬆的坐在她的寶座上，身上還是圍著那件短短的圍裙，但是她在頭髮上插了幾朵紅花和白花，讓自己看起來更漂亮一點。安妮卡也在頭髮上插了花，但是湯米沒有這麼做，他說什麼也不肯把花插在頭髮上。

艾弗朗國王已經很久沒有處理國事了，於是他開始賣力處理政務。這時候，那些塔卡圖卡族的黑人小孩走近皮皮的王座。不知道為什麼，他們覺得白皮膚比黑皮膚高貴，因此當他們愈來愈靠近皮皮、湯米和安妮卡，他們的心中便充滿了敬畏，更何況皮皮還是公主呢。他們來到皮皮面前的時候，全都跪下行禮，把額頭貼在地上。皮皮趕緊從王座上跳下來。

「這是怎麼回事？」皮皮問，「你們這裡也玩找東西大王的遊戲嗎？等一下，我也一起玩！」

皮皮跪下來，在地上東找找、西找找。

過了一會兒，她說：「看來已經有其他找東西大王來過了。我向你們保證，這裡連一根大頭針都沒有。」

她又坐回王座。但是她一坐下，所有小孩又跪在她面前，把額頭貼在地上。

「你們搞丟了什麼東西嗎？」皮皮問。「你們在這裡是找不到的，還是站起來吧。」

幸好長襪船長在這座島上待了很長一段時間，所以有些島上居民也稍微學會了他使用的語言。當然，他們聽不懂像是「貨到付款」或「少將」這種困難的詞彙，但是他們還是學到了不少，就連島上的小孩也學會了一些常用字，像是「不要這樣做」之類的。一個名叫莫莫的小男孩，甚至能說流利的白人語言，因為他經常待在船員住的那幾間小屋裡，聽他們聊天。一個名叫莫亞娜的漂亮小女孩也說得挺不錯。

現在莫莫試著向皮皮解釋，為什麼他們會在她面前跪下。

「妳是高貴的白人公主。」他說。

「我不是高貴的白人公主，」皮皮用不流利的塔卡圖卡語說：「我只是長襪皮皮，而且我才不想坐在王座上呢。」

她從王座上跳下來。艾弗朗國王也從王座上跳下來，因為他已經處理完了國事。

太陽像火球一樣沉入了南太平洋，不久之後，整個天空就布滿了閃亮的繁星。塔卡圖卡族人在國事廣場上點燃巨大的營火，艾弗朗國王、皮皮、湯米、安妮卡，還有「霍普托瑟號」的全體船員在草地上坐下來，看著島上居民圍著營火跳舞。沉沉的鼓聲、奇特的舞蹈、叢林裡千百種陌生花草的異香、頭頂上燦爛的星空——這一切都讓湯米和安妮卡有了十分奇妙的感受。大海持續不斷的浪濤聲，聽起來就像是一支雄壯的背景音樂。

後來，湯米、皮皮和安妮卡回到他們在椰子樹下的舒適小屋。當他們要上床睡覺的時候，湯米說：「我覺得這是一座很美的小島。」

「我也這麼覺得，」安妮卡說：「皮皮，妳不覺得嗎？」

但是皮皮靜靜的躺在床上，跟平常一樣把腳擱在枕頭上。

「好好聆聽大海的浪濤聲吧。」她彷彿在說夢話。

第八章　皮皮教訓鯊魚

第二天一大早，皮皮、湯米和安妮卡就從小屋裡爬出來了。塔卡圖卡族的小孩比他們醒得更早，他們滿心期待的坐在椰子樹下，等著這三個白人小孩出來跟他們一起玩。他們用流利的塔卡圖卡語談天說笑，潔白的牙齒在黑色的臉龐上閃閃發亮。

一整群小孩由皮皮領頭走向海灘。

看見那片可以把自己埋進去的漂亮白沙灘，還有吸引人跳下水的蔚藍大海，湯米和安妮卡興奮得跳了起來。小島的近海有一片珊瑚礁充當防波堤，在珊瑚礁和小島之間的海面十分平靜，就像一面鏡子一樣。所有的小孩不分黑白，都脫掉了身上的圍裙，又叫又笑的衝進海裡。

他們在白沙上翻滾，皮皮、湯米和安妮卡一致認為，如果他們也有一身黑皮膚就好了，因為白色的沙子沾在黑色的身體上看起來真有趣。不過，當皮皮把自己脖子以下都埋進沙裡，只露出一張長滿雀斑的臉和兩條紅辮子時，那個模樣看起來也非常有趣。所有小孩都圍著皮皮坐下，和她聊天。

「講一點白人國小孩的事嘛。」莫莫對那張長滿雀斑的臉說。

「白人小孩喜歡久久纏法。」皮皮說。

「是九九乘法啦，」安妮卡不服氣的說：「再說，也不能說我們都喜歡乘法。」

「白人小孩喜歡久久纏法，」皮皮固執的堅持她的說法，「如果沒有每天做一大堆久久纏法，他們就會瘋掉。」她沒辦法用蹩腳的塔卡圖卡語說明，於是改用自己的母語說話。

「如果你聽見一個白人小孩在哭，那一定是學校失火燒掉了，不然就是開始放掃除假，或是老師忘了出久久纏法的作業給小朋友。要是學校開始放暑假，那就更別提了。到那時候你只會聽見一陣哭哭啼啼的聲音，讓人聽著就想死了算了。當學校大門在放暑假的時候關閉，每個孩子的雙眼都在流淚，而且所有小孩都唱著悲傷的歌曲回家。想到還要再過好幾個月才能再算久久纏法，他們就會哭得上氣不接下氣。唉，真是太可憐了。」皮皮說完之後，深深的嘆了一口氣。

「胡說。」湯米和安妮卡說。

莫莫不太明白什麼是久久纏法，希望有人能解釋得更清楚。湯米正想要開口，皮皮已經搶在他前面說了。

「喔，聽我說，」皮皮說：「久久纏法是這樣的，七乘以七等於一百零二。很棒吧，對不對？」

「不對，絕對不是一百零二。」安妮卡說。

「七七四十九才對。」湯米說。

「別忘了我們現在是在塔卡圖卡島上，」皮皮說：「這裡的氣候完全不同，能夠生長的東西更多，所以七乘以七在這裡會變更多。」

「胡說。」湯米和安妮卡說。

這堂算術課被長襪船長打斷了，他來告訴這群小孩，全體船員和島上居民打算搭船到另一座小島打獵，而且要去好幾天。長襪船長剛好想吃新鮮的烤豬肉，所以塔卡圖卡族的婦女也要一起去，她們可以用狂野的叫聲把野豬嚇出來。但是這麼一來，就表示島上只剩下小孩子留守。

「希望你們不會因此感到難過。」長襪船長說。

「讓你猜三次，」皮皮說：「要是哪一天我聽見孩子因為大人不在而感到難過，我就會把久久纏法倒背一遍，我發誓。」

「那就好。」長襪船長說。

於是長襪船長和他的子民拿著盾牌和長矛，坐上大型獨木舟，划離了塔卡圖卡島。

皮皮把雙手做成漏斗的形狀，在他們身後大喊：「放心去打獵吧！如果在我五十歲生日那天你們還沒回來，我就去廣播電臺通報你們失蹤了！」

等到島上只剩下小孩，皮皮、湯米、安妮卡、莫莫、莫亞娜和其他小孩看著彼此，大家都很開心。接下來幾天，這座美麗的南太平洋小島就是他們的天下了。

「我們要做什麼呢？」湯米和安妮卡問。

「首先我們要去樹上摘早餐。」皮皮說。

她靈活的爬上一棵椰子樹，摘了好幾顆椰子下來。莫莫和其他塔卡圖卡族小孩，去摘了麵包果和香蕉。皮皮在沙灘上升火烤那些漂亮的麵包果。這群小孩圍成圓圈坐下來，每個人都得到一份營養豐富的早餐，有烤熟的麵包果、椰奶和香蕉。

塔卡圖卡島上沒有馬，所以那些黑人小孩都對皮皮的馬很感

興趣。那些敢騎馬的小孩，都可以試著騎上馬背。莫亞娜說她很想去白人國看一看，因為那裡有這些稀奇古怪的動物。

但是尼爾森先生不見蹤影。牠跑進叢林玩耍，在那裡找到了許多親戚。

等他們騎馬騎膩了，湯米和安妮卡問：「現在我們要做什麼呢？」

「白人小孩想看漂亮的洞穴嗎？要不要呢？」莫莫問。

「當然要！白人小孩想看漂亮的洞穴，要，要，要！」皮皮說。

塔卡圖卡島是一座珊瑚島。在島嶼的南邊有個延伸入海的高聳岩壁，經過海水的沖刷，形成了奇妙的洞穴。有些洞穴的位置很低，裡面灌滿了海水，但也有些洞穴位在高高的岩壁上，塔卡圖卡族的小孩常去那裡玩耍。他們在最大的洞穴裡貯藏了椰子和其他寶貝。

不過，要到那個洞穴並不容易。你得小心翼翼的攀爬陡峭的岩壁，並且緊緊抓住凸出的石頭，否則很容易就會掉進海裡。掉進海裡本來沒什麼大不了的，可是附近的海域剛好有很多喜歡吃小孩的鯊魚。

儘管如此，塔卡圖卡族的小孩還是很喜歡潛水去找珍珠貝殼，只是岸上一定要有人留守，一看見有鯊魚鰭露出水面，就要大喊：「鯊魚！鯊魚！」塔卡圖卡族的小孩，在那個大洞穴裡收藏了許多閃亮的珍珠，那些都是他們在貝殼裡找到的。他們把這些珍珠當成彈珠玩，完全不知道這些珍珠在白人的國家有多麼值錢。

長襪船長駕船離開小島去買鼻菸的時候，偶爾會帶走幾顆珍珠。他用那些珍珠，能夠換到許多島上人民用得上的東西。但是整體說來，他覺得塔卡圖卡族人原本的生活就已經很好了，所以那些小孩可以繼續把珍珠當成彈珠玩。

湯米要安妮卡攀爬山壁到那個大洞穴去的時候，安妮卡揮舞著雙手拒絕。第一段路並不難走，凸出的岩壁很寬，可以直接走在上面，但是之後的路愈來愈窄，通往洞穴的最後幾公尺，必須要靠自己想辦法抓緊岩壁。

「我絕對不爬！」安妮卡說：「絕不！」

要攀爬一座幾乎沒什麼東西能抓的岩壁，而且腳下十公尺處就是大海，海裡又有許多鯊魚等著你掉下去，安妮卡覺得這一點也不好玩。

湯米生氣了。

「唉，真不該帶妹妹來南太平洋，」湯米緊緊攀著岩壁說：「妳瞧！就只要像我這樣……」

「撲通」一聲，湯米掉進海裡了。安妮卡大聲尖叫，那些塔卡圖卡族小孩也嚇壞了。他們指著海面大喊：「鯊魚！鯊魚！」海面上露出一片鯊魚鰭，快速的朝湯米游過去。

接著又聽見「撲通」一

聲，是皮皮跳進了海裡。她和那條鯊魚幾乎同時游到湯米身邊。湯米感覺鯊魚尖銳的牙齒從他腿上劃過，嚇得大聲尖叫。但是就在這一刻，皮皮用雙手抓住那條嗜血的鯊魚，把牠抬到水面上。

「你不覺得丟臉嗎？」皮皮問。那條鯊魚驚訝得四下張望，被皮皮像這樣舉在半空中，牠覺得很不舒服，根本沒辦法好好呼吸。

「如果你答應我再也不吃

小孩，我就放你走。」皮皮認真的說，然後使盡全力把鯊魚扔進遠遠的大海。鯊魚急忙游走，並且決定要盡快游去大西洋。

這時湯米已經爬上一小塊凸出的岩壁，他坐在那裡渾身發抖，而且腿也流血了。

皮皮跟了過來。她的舉動非常奇怪，先是把湯米高舉在半空中，然後又緊緊的抱住他，差點讓他無法呼吸。然後她忽然鬆開湯米，自己一個人在岩壁上坐下，把臉埋進手心哭了起來。皮皮在哭！湯米、安妮卡和所有塔卡圖卡族的小孩都看著皮皮，感到既驚訝又慌張。

「妳哭是因為湯米差點被鯊魚吃掉了。」莫莫這樣猜想。

「不是，」皮皮擦乾眼淚悶悶不樂的說：「我哭是因為飢餓的小鯊魚今天沒有早餐了。」

第九章　皮皮教訓吉姆和布克

鯊魚的牙齒只把湯米的皮膚刮破了一點，等湯米鎮靜下來，他又想爬到岩壁上的大洞穴玩。於是皮皮用木槿的樹皮搓成一條繩子，緊緊綁在一塊石頭上。然後她像羚羊一樣，輕而易舉的爬進岩壁上的洞穴，在洞裡把繩子的另一端綁緊，這樣一來，連安妮卡也敢爬上去了。只要有一條堅固的繩子可以牢牢抓緊，爬上去就不需要什麼本領了。

那個山洞很棒，裡面的空間大到就算容納所有的小孩還綽綽有餘。

「這個山洞比亂糟糟別墅的空心橡樹更棒。」湯米說。

「沒有更棒，但是一樣好。」安妮卡想起家鄉那棵橡樹，心裡感覺有點刺痛，她不想承認有什麼地方比那棵老橡樹更好。

莫莫帶著三個白人小孩，去看洞裡貯存了多少椰子和麵包果泥。有這麼多食物，他們可以在這裡住上好幾個星期也不會挨

餓。莫亞娜給他們看一根空心的竹筒，裡面裝滿了美麗非凡的珍珠。她送給皮皮和安妮卡每人一把珍珠。皮皮說：「你們這裡玩的彈珠很漂亮。」

坐在洞口眺望陽光下閃閃發亮的大海，實在很舒暢。而趴在洞口往海裡吐口水，更是有趣極了。湯米提議來比賽，看誰的口水可以吐得最遠。莫莫是個吐口水高手，卻還是贏不過皮皮。皮皮有辦法從門牙之間飛快的把口水吐出去，這一招誰也學不來。

「如果今天紐西蘭下起毛毛雨，那就要怪我了。」皮皮說。

湯米和安妮卡在吐口水比賽中表現欠佳。

「白人小孩不會吐口水。」莫莫得意的說。他沒有把皮皮當成白人小孩。

「白人小孩不會吐口水？」皮皮說：「你這是大錯特錯。他們從第一天上學就開始學習吐口水。學習吐得遠、吐得高，還要一邊跑一邊吐口水。你真該看看湯米和安妮卡的老師有多麼會吐口水！她是邊跑邊吐口水比賽的冠軍。當她一邊跑一邊吐口水的時候，整個鎮上的人們都會替她歡呼呢。」

「胡說。」湯米和安妮卡說。

皮皮把一隻手舉到眼睛上方，朝大海眺望。

「那裡來了一艘船，」她說：「是一艘小汽船。我想知道那艘船來這裡做什麼。」

皮皮這麼問是有理由的。那艘汽船正在快速接近塔卡圖卡島，船上除了幾名黑人水手之外，還有兩個白人，一個叫吉姆，一個叫布克，他們晒得很黑，模樣看起來很粗魯，就像是真正的強盜。而他們的確就是強盜。

之前，長襪船長曾去一間商店買鼻菸，吉姆和布克剛好也在店裡。他們看見長襪船長把幾顆又大又漂亮的珍珠放在櫃臺上，還聽見他說塔卡圖卡島上的小孩把這種珍珠當成彈珠玩。從那一天開始，他們就只有一個目標：搭船前往塔卡圖卡島，想辦法弄到一大堆珍珠。他們知道長襪船長力大無窮，也不敢招惹「霍普托瑟號」的船員，因此他們決定等待機會，等所有男子都外出打獵的時候再動手。現在機會來了。他們躲在附近一座小島的後面，用望遠鏡看見長襪船長率領全體船員和塔卡圖卡島的所有大人划著獨木舟離開。他們等了一會兒，等所有獨木舟都消失

在他們的視線中。

「下錨！」布克在汽船很接近塔卡圖卡島的時候大喊。

皮皮和其他小孩，從岩壁上的山洞悄悄觀察他們。錨放下來了。吉姆和布克跳上一艘小艇，划到岸邊。那些黑人水手接到命令，乖乖的待在船上。

「現在我們偷偷溜進村子，讓他們措手不及，」吉姆說：「現在肯定只有婦女和小孩在家。」

「沒錯，」布克說：「再說，剛剛看到獨木舟上有那麼多婦女，看來島上只剩下小孩了。我希望他們正在玩彈珠，哈哈哈！」

「為什麼呢？」皮皮從洞口向下喊：「你們特別喜歡打彈珠嗎？我覺得跳馬背也一樣好玩啊。」

吉姆和布克驚訝的回頭一看，看見皮皮和其他小孩從岩壁上的洞穴探出頭來。這兩個人的臉上露出不懷好意的笑容。

「原來小孩都在這裡呢。」吉姆說。

「太好了，」布克說：「我們很輕易就能得手。」

為了以防萬一，他們決定要點心機。誰曉得那些小孩會把珍珠藏在哪裡，所以最好和氣的引誘他們說出來。這兩個人假裝自己不是為了珍珠而來，而是來島上郊遊的。他們覺得很熱，流了很多汗，於是布克提議先下海去游個泳。

「我先划小艇回船上去拿泳褲。」布克說。

說完，他就划著小艇離開了，留下吉姆獨自站在海灘上。

「這裡適合游泳嗎？」他用討好的語氣問那些小孩。

「這裡非常適合游泳，」皮皮說：「對鯊魚來說很棒，牠們天天都在這裡游泳。」

「妳在胡說什麼？」吉姆說：「這裡根本沒看到鯊魚啊。」

但是吉姆的內心還是有點不安。等布克帶著泳褲回來，吉姆便把皮皮說的話告訴他。

「胡說八道，」布克對著皮皮大喊：「妳是說在這裡游泳很危險嗎？」

「才不是，」皮皮說：「我從來沒有這麼說過。」

「這就怪了，」吉姆說：「妳剛才不是說這裡有鯊魚嗎？」

「喔，我是說過，但是我並沒有說這裡危險啊。我爺爺去年就在這裡游泳過。」

「這就對啦。」布克說。

「而且爺爺已經在上個星期五出院了，」皮皮接著說：「他裝了一條木腿，從來沒有哪個老人家有這麼漂亮的木腿。」

皮皮一邊思考，一邊往海裡吐了一口口水。

「所以，你不能說在這裡游泳很危險。雖然在這裡游泳，免不了會少掉一條手臂或是一條腿，但是只要木腿的價格不超過一克朗，我覺得就沒有必要為了省這點小錢，放棄在這裡游泳。」

皮皮又往海裡吐了一口口水。

「順便說一下，我爺爺超愛他那條木腿。他說，如果想要好好打一架，木腿是他不可或缺的好夥伴。」

「妳知道我是怎麼想的嗎？」布克說：「我覺得妳在說謊。妳爺爺的年紀一定很大了，他不會還想跟別人打架的。」

「你要跟我打賭嗎？」皮皮大喊：「他是個凶狠的老人，曾經用木腿去敲對方的腦袋。如果他不能從早到晚都跟別人打架，他會渾身不舒服，甚至會氣得咬自己的鼻子。」

「妳在瞎掰，」布克說：「他怎麼可能咬得到自己的鼻子。」

「誰說不行，」皮皮堅持，「他爬到椅子上就行了。」

布克想了一下，然後破口大罵：「妳的蠢話我聽不下去了。

吉姆，來吧，我們去換泳褲。」

「我還想順便跟你們說，我爺爺有全世界最長的鼻子。他養了五隻鸚鵡，而那五隻鸚鵡可以在他的鼻子上坐成一排。」

這下子布克真的生氣了。

「妳知道嗎？妳這個紅頭髮的小鬼，是我這輩子見過最會說謊的臭丫頭。妳不覺得慚愧嗎？妳真以為我會相信五隻鸚鵡能在妳爺爺的鼻子上坐成一排嗎？妳就承認自己在說謊吧！」

「對，」皮皮難過的說：「我是在說謊。」

「看吧，」布克說：「我就說嘛！」

「我說了一個瞞天大謊。」皮皮更加難過的說。

「是啊，我馬上就聽出來了。」布克說。

「因為，」皮皮流著淚大聲說：「那第五隻鸚鵡只能用一條腿站著！」

「胡說八道！」布克說完，便和吉姆走到樹叢後面去換衣服。

「皮皮，妳沒有爺爺啊。」安妮卡用責備的語氣對皮皮說。

「我是沒有，」皮皮愉快的說：「每個人一定都要有爺爺嗎？」

布克先換好泳褲。他以優雅的姿勢從一塊岩石上跳進海裡，朝外游了出去。孩子們在岩壁上的洞穴裡，聚精會神的觀望。這時候，他們看見一個鯊魚鰭在水面上閃現。

「鯊魚！鯊魚！」莫莫大喊。

這時，布克正愜意的打著水，他一轉過頭，就看見那隻可怕的鯊魚朝著自己游過來。

從來沒有人能像布克現在游得這麼快。只花了短短兩秒鐘，他就游回岸邊，從水裡衝出來。他很害怕，也很生氣，覺得海裡有鯊魚是皮皮的錯。

「臭ㄚ頭！」他大喊：「這海裡全是鯊魚！」

「我就是這麼說的啊，」皮皮把頭歪向一邊，可愛的反問：「我不是每次都會說謊，你懂嗎？」

吉姆和布克走到灌木叢後面，把衣服換回來。他們覺得現在該想辦法把那些珍珠弄到手了，因為他們不知道長襪船長和其他人會離開多久。

「小朋友，聽我說，」布克說：「我聽說這一帶很適合捕撈珍珠，這是真的嗎？」

「沒錯！」皮皮說：「這裡的海底，珍珠貝殼多到會在你的腳邊喀啦喀啦響。你可以自己去海底看一看，就會知道這是真的。」

但是布克不想去。

「每一個蚌殼裡都有一粒大珍珠，」皮皮說：「差不多就跟這顆一樣大。」

她把一顆閃亮的大珍珠高高舉起。

吉姆和布克興奮極了，差點就想衝過去。

「你們還有更多像這樣的珍珠嗎？」吉姆問：「我們想跟你們買。」

這不是真話。吉姆和布克沒有錢買珍珠，他們只想把珍珠騙到手。

「有啊，我們至少有五、六公升的珍珠放在山洞裡。」皮皮說。

吉姆和布克掩藏不住心中的喜悅。

「太好了，」布克說：「都拿出來吧，我們統統買下。」

「噢，不行，」皮皮說：「給你們買走，這些可憐的小孩要拿什麼打彈珠呢？」

過了好一會兒，吉姆和布克才明白，要把珍珠騙到手是不可能的。但是他們決定，如果騙不到就搶，反正他們已經知道珍珠放在哪裡了。他們只要爬進那個山洞，就能拿走珍珠。

可是要怎麼爬進那個山洞呢？難就難在這裡！當他們兩人還在思考的時候，皮皮已經把那條用木槿樹皮搓成的繩子解開，安全的存放在洞穴裡。吉姆和布克覺得要爬進山洞是件苦差事，但是除此之外也沒有別的辦法。

「你去爬，吉姆。」布克說。

「不，你去爬，布克。」吉姆說。

「你去，吉姆。」布克仗著自己比吉姆強壯，開口命令。

吉姆只好開始往上爬。他拚命抓住任何一個能抓住的岩石，緊張得冷汗直流。

「你只要抓緊就不會掉下去。」皮皮替他打氣。

話才說完，吉姆就掉進了海裡。布克在海灘上又叫又罵，吉姆也在大叫，因為他看見兩條鯊魚正朝著自己游過去。當那兩條鯊魚距離吉姆只差兩公尺的時候，皮皮拿起椰子朝牠們扔過去，正中鯊魚的鼻子。鯊魚嚇了一跳，剛好讓吉姆有時間游回岸邊，爬上一小塊凸出的岩壁。海水從他的衣服上滴落，模樣看起來十分狼狽。

布克把他臭罵一頓。

吉姆說：「那你自己去爬爬看！這樣你就知道是什麼滋味了。」

「好，我來讓你瞧瞧怎麼爬才對。」布克說著就開始往上爬。所有小孩都看著他爬。當他距離洞口愈來愈近，安妮卡也開始害怕起來。

「噢，別踩那裡，不然你會摔下去。」皮皮說。

「哪裡？」布克問。

「那裡。」皮皮指著布克的腳下說。布克順著她手指的方向往下看。

一會兒之後，布克可憐兮兮的在水裡掙扎。皮皮又扔了一顆椰子，阻止鯊魚吃掉布克，一邊說：「這樣丟，實在太浪費椰子了。」可是等布克從水裡爬出來，他憤怒得像一隻黃蜂，不怕死的又立刻往上爬，因為他打定主意要爬進山洞，拿到那些珍珠。

這次比較順利。眼看即將抵達洞口，他得意的大喊：「小鬼頭，現在我要你們好看！」

這時皮皮伸出食指，往他的肚子戳了一下。只聽見「撲通」一聲，布克又掉進了海裡。

「你掉到海裡的時候，應該要自己帶幾顆椰子！」皮皮在他身後大喊，同時用一顆椰子擊中一隻正在逼近的鯊魚。但是這次有更多鯊魚游過來，皮皮只好把更多椰子往下扔，其中一顆還打中了布克的腦袋。

布克痛得大叫。皮皮說：「天哪，打到你了嗎？從這上面看下去，你就跟一條可惡的鯊魚沒有兩樣。」

現在，吉姆和布克決定等待，等那些小孩自己從山洞裡出來。

「等他們肚子餓了，自然就會出來，」布克沒好氣的說：「到時候就要他們好看！」

他對著那些小孩大喊：「我真替你們難過，看來你們得餓死在山洞裡了！」

「你真好心，」皮皮說：「但是接下來的兩個星期你都不必擔心。等到兩個星期之後，我們才需要分配一下每個人能吃多少椰子。」

她掰開一顆大椰子，喝光椰奶，吃掉美味的果肉。

吉姆和布克破口大罵。太陽要下山了，他們準備在岸邊過夜。他們不敢划小艇回汽船上睡覺，擔心那些小孩會趁機帶著所有珍珠跑掉。他們穿著溼漉漉的衣服，躺在堅硬的岩石上，感覺很不好受。

岩壁上的山洞裡，所有小孩都睜著亮晶晶的眼睛，坐在那裡吃椰子和麵包果泥。食物很美味，而且這一切既刺激又好玩。他們偶爾會探頭看一下吉姆和布克，不過現在天黑了，只能依稀看見那兩個人的身影在一塊凸出的岩石上，可是仍然能聽見他們破口大罵的聲音。

忽然間，下起了熱帶地區常見的暴雨。傾盆大雨就像海水從天而降一樣。

皮皮把鼻尖伸出洞口。

「真不知道還有誰能像你們這麼走運。」她對吉姆和布克大喊。

「妳這話是什麼意思？」布克滿懷希望的問。他以為這些孩子改變了主意，想把珍珠交給他們。「妳說我們走運是什麼意思？」

「喔，你想想看，在暴雨來臨之前，你們就已經渾身溼答答了，這是多麼幸運啊，不然你們就會被這場大雨淋成落湯雞了。」

下面傳來一陣咒罵，但是沒辦法分辨出是吉姆還是布克的聲音。

「晚安，晚安，好好睡，」皮皮說：「我們現在也要睡覺了。」所有小孩都在洞穴裡躺下。湯米和安妮卡躺在皮皮身邊，握著她的手。他們睡得很舒服，山洞裡既溫暖又舒適。山洞外面，大雨繼續嘩啦啦的下著。

第十章　皮皮受夠了吉姆和布克

那群小孩一整夜都睡得很好，但是吉姆和布克就沒有那麼好命了。他們不停咒罵那場大雨，等到雨停了，又開始互相指責：現在沒拿到珍珠是誰的錯，來塔卡圖卡島是誰想出來的笨主意。

可是等到太陽升起，晒乾了他們身上的溼衣服，又看到皮皮從洞口露出愉快的笑臉向他們道早安，他們更加下定決心，一定要弄到那些珍珠，成為有錢人搭船離開這裡。只不過他們還不知道該怎麼下手。

同一時間，皮皮的馬覺得很奇怪，不知道皮皮、湯米和安妮卡跑到哪裡去了。

尼爾森先生從叢林裡的家族聚會回來，也覺得奇怪。而且牠很緊張，因為牠把草帽搞丟了，不知道皮皮發現之後會怎麼說牠。

尼爾森先生跳上那匹馬的尾巴，馬就奔跑著去找皮皮。漸漸的，那匹馬跑到了小島的南邊，這時牠看見皮皮從山洞裡探出頭來，馬兒也發出高興的嘶鳴。

「看哪，皮皮，妳的馬來了！」湯米大喊。

「尼爾森先生就坐在馬尾巴上呢。」安妮卡說。

吉姆和布克也聽到了，那匹沿著沙灘跑過來的馬，就是山洞裡那個紅髮小鬼的寵物。於是布克走過去抓住馬鬃。

「聽著，妳這個小巫婆，」他大喊：「現在我要打死妳的馬！」

「你要打死我心愛的馬？」皮皮說：「我最親愛、最善良的小馬？你不是認真的吧！」

「我是認真的，看來我也沒有別的選擇，」布克說：「妳快點下來，把所有珍珠都交給我們，全部，妳聽懂了嗎？不照做的話，我就打死妳的馬，現在就動手！」

皮皮嚴肅的看著他。

「拜託，」她說：「我真心的拜託你不要打死我的馬，也不要拿走這些孩子的珍珠。」

「妳聽到我剛才說的話了，」布克說：「馬上交出珍珠！要不然……」

接著他小聲的對吉姆說：「等她帶著珍珠過來，我會把她狠狠揍一頓，誰叫她害我們淋雨淋了一整夜。那匹馬我們就帶回船上，帶去另一座小島賣掉。」

他又抬頭對著皮皮大喊：「怎麼樣啊？妳來還是不來？」

「嗯，我大概非下去不可了，」皮皮說：「可是你別忘記，這可是你自找的喔。」

皮皮一路從凸出的小岩石上跳下來，就好像在一條筆直的路上散步一樣輕鬆，然後她跳到布克、吉姆和那匹馬面前。她停在布克前面，就這樣站在那裡，她又瘦又小，肚子上裹著圍裙，頭上兩條硬邦邦的紅辮子伸向兩邊，一雙眼睛閃著危險的光芒。

「珍珠在哪裡？小ㄚ頭？」布克大喊。

「今天沒有珍珠，」皮皮說：「不過你們可以玩跳馬背。」

這時，布克發出一聲怒吼，把山洞裡的安妮卡嚇得發抖。

「現在我真的要打死妳和這匹馬！」布克大喊著衝向皮皮。

「慢一點，老兄！」皮皮說著就抓住他的腰，把他扔到三公尺高的半空中。他掉下來的時候，正好重重的撞在岩石上。

這時吉姆也動手了。他想給皮皮狠狠一擊，但是皮皮輕輕笑著往旁邊跳開。一秒鐘之後，吉姆也飛上了早晨明亮的天空。之後吉姆和布克跌坐在岩石上大聲呻吟。皮皮走過去，一手一個抓住了他們。

「你們不應該這麼固執，非要玩彈珠不可，」她說：「玩樂應該要懂得節制。」

她把這兩個人拎到小艇旁邊，把他們扔進去。

「現在你們回家去吧，請媽媽給你們五毛錢去買石頭彈珠，」皮皮說：「我向你們保證，石頭彈珠也一樣好玩。」

沒有多久，那艘汽船就駛離了塔卡圖卡島。從此以後，再也沒有人在這片海上見過這艘船。

皮皮拍了拍她的馬。尼爾森先生跳上她的肩頭。這時候，小島的末端出現一排長長的獨木舟，那是長襪船長和他的手下，他們在一次成功的狩獵之後滿載而歸。

皮皮朝他們揮手大喊，他們也舉起船槳跟她打招呼。皮皮趕緊再綁緊那條繩子，好讓湯米、安妮卡和其他小孩能夠平安離開山洞。等那些獨木舟駛進小海灣，停泊在「霍普托瑟號」旁邊，所有的小孩已經站在那裡迎接他們了。

長襪船長拍了拍皮皮。

「一切都好吧？」他問。

「非常好。」皮皮說。

「可是皮皮，不對呀，」安妮卡說：「差一點就出事了。」

「對啦，我忘了那件事，」皮皮說：「其實並沒有那麼平靜。艾弗朗爸爸，你一轉身離開，五花八門的事情就發生了。」

「哦，我的孩子，究竟發生了什麼事呢？」長襪船長擔心的問。

「一件糟糕的事，」皮皮說：「尼爾森先生搞丟了牠的草帽。」

第十一章　皮皮離開塔卡圖卡島

在那之後是一個又一個美好的日子。在溫暖美好的世界裡，陽光普照，藍色的大海波光粼粼，空氣中瀰漫著花香。

如今湯米和安妮卡的皮膚被晒得黝黑，和塔卡圖卡族的小孩幾乎沒有兩樣。而皮皮的雀斑長得滿臉都是。

「對我來說，這趟旅行真是一次美容之旅，」皮皮滿意的說：「我從來沒有長過這麼多雀斑，也從來沒有這麼漂亮。再這樣下去，我要迷死人了。」

其實，莫莫、莫亞娜和其他塔卡圖卡族的小孩，都覺得皮皮現在已經很迷人了。他們從來不曾玩得像現在這麼開心，所以他們就像湯米和安妮卡一樣喜歡皮皮。當然，他們也喜歡湯米和安妮卡，而湯米和安妮卡也喜歡這些塔卡圖卡族小孩。正因為這樣，他們才會全都相處得這麼融洽，每天從早到晚都玩在一起。

他們經常待在那個山洞。皮皮拿來了毯子，只要他們願意，隨時都可以在山洞過夜。而且有了毯子，在山洞過夜會比第一次睡得更舒服。

皮皮也做了一個繩梯，一直垂到山洞下方的海面，所有小孩都用這具繩梯爬上爬下，盡情的游泳、玩水。沒錯，現在他們也可以在這裡游泳了！皮皮用網子在海上圍出一大塊區域，讓鯊魚無法接近。在那些積滿海水的洞穴裡游進游出很好玩，就連湯米和安妮卡也學會了潛水去採集珍珠。安妮卡找到的第一顆珍珠是粉紅色的，而且又大又美麗。她決定要把這顆珍珠帶回家，請人鑲在

戒指上，作為她來過塔卡圖卡島的紀念。

有時候他們會玩強盜來了的遊戲，由皮皮扮演想要闖進山洞偷珍珠的布克。湯米會把繩梯收起來，這麼一來皮皮只好自己想辦法爬上岩壁。

等皮皮把腦袋伸進山洞，所有的小孩就會大喊：「布克來了，布克來了！」然後每個小孩會輪流用手指戳皮皮的肚子，讓她往後一倒，掉進海裡。皮皮把腿伸出水面拍打海水，弄得水花四濺，逗得那些小孩捧腹大笑，差點從山洞裡掉出來。

不想待在山洞的時候，他們也可以待在竹屋裡。那些小孩幫皮皮蓋了那間竹屋，不過大部分的工作都是皮皮做的。

那間四方形的竹屋很大，是用細細的竹竿搭建而成，他們可以盡情在屋裡和屋頂上爬來爬去。竹屋旁邊長著一棵很大的椰子樹，皮皮在樹幹上鑿出階梯，只要踩著階梯，就可以一直爬到樹頂，在樹梢上眺望美麗的風景。皮皮也用木槿樹皮做了一個鞦韆，掛在另外兩棵椰子樹之間。這個鞦韆很棒，如果用力盪，在盪得最高的時候往下跳，就會剛好跳進水裡。皮皮盪得好高好高，跳下來時飛得很遠很遠，就這樣飛進了遙遠的海面，皮皮說：「哪一天我說不定會掉到澳洲。我要是掉在哪個人的頭上，那個人就倒楣了。」

這群孩子也會去叢林郊遊。那裡有一座高山，還有一座瀑布從峭壁上傾瀉而下。皮皮打定主意，要坐在一個桶子裡從瀑布滑下來，而且她說到做到。她從「霍普托瑟號」拿來一個木桶，整個人鑽進桶子裡。莫莫和莫亞娜蓋上蓋子，再把桶子推進瀑布。桶子以很快的速度往下衝，最後破掉了。所有孩子看見皮皮消失在水裡，都以為再也見不到她了。可是皮皮突然浮出水面，爬上岸說：「這水桶的速度真快啊。」

日子就這樣一天一天過去，可是再過不久，雨季就要來臨了。每到那個時候，長襪船長習慣把自己關在船艙裡思考人生，而他擔心到了雨季，皮皮在塔卡圖卡島上會不開心。湯米和安妮卡也愈來愈想念爸爸媽媽，想知道他們在家裡過得好不好？而且他們很想回家過聖誕節。因此，在某一天的早晨，皮皮問：「湯米和安妮卡，我們搭船回亂糟糟別墅，你們覺得怎麼樣？」湯米和安妮卡並沒有想像中那麼難過。

皮皮、湯米和安妮卡，登上「霍普托瑟號」準備回家的那一天，莫莫、莫亞娜和其他塔卡圖卡族小孩當然很難過，但是皮皮保證她一定會經常回來。塔卡圖卡族小孩用白色花朵編成花環，作為道別禮物掛在皮皮、湯米和安妮卡的脖子上。隨著船隻逐漸駛離，道別的歌聲在海面上幽幽迴盪。長襪船長也站在岸邊。他必須留在島上處理國事，所以由佛里多代替他送那三個孩子回家。長襪船長用他的大手帕擤了擤鼻子，向皮皮他們揮手道別。皮皮、湯米和安妮卡都哭得淚眼汪汪，一直向長襪船長和那些黑人小孩揮手，直到看不見他們為止。

回程的路上，他們一帆風順。

「最好在抵達北海之前，把你們的保暖內衣找出來。」皮皮說。

「喔，對。」湯米和安妮卡說。

不久之後他們發現了一件事，儘管一路順風，「霍普托瑟號」也不可能在聖誕節抵達。

聽到這個消息，湯米和安妮卡很難過，因為他們看不到聖誕樹，也拿不到聖誕禮物了！

「那我們還不如留在塔卡圖卡島。」湯米悶悶不樂的說。

安妮卡很想念爸爸媽媽，無論如何她都想回到家裡。但是她和湯米都覺得，錯過聖誕節的確很令人難過。

一月初，在一個漆黑的夜晚，皮皮、湯米和安妮卡終於看見了小鎮的燈光。他們終於到家了。

「嗯，這趟南太平洋之旅結束了。」皮皮帶著那匹馬從船上走下來。

沒有人來迎接他們，因為誰也不知道他們什麼時候會回家。皮皮把湯米、安妮卡和尼爾森先生抱上馬背，騎馬回到亂糟糟別墅。那匹馬走得很吃力，因為道路和小徑上積了厚厚的白雪。湯米和安妮卡凝視著紛飛的雪花，再過不久，他們就要回到爸爸媽媽的身邊了。他們忽然覺得很想見到爸爸媽媽。

塞特格林家的屋子燈火通明，讓人好想走進去。透過窗戶，湯米和安妮卡可以看見爸爸和媽媽坐在餐桌旁。

「爸爸和媽媽在那裡。」湯米高興的說。

可是亂糟糟別墅一片漆黑，而且還覆蓋著積雪。

想到皮皮要獨自走進亂糟糟別墅，安妮卡就覺得很難過。

「親愛的皮皮，今天晚上妳要不要睡在我們家？」她問。

「噢，不行，」皮皮說著，「砰」的一聲跳進院子籬笆前的積雪，「我得先整理一下亂糟糟別墅。」

皮皮在深達腹部的積雪

裡，舉步維艱的繼續往前走，那匹馬也跟在她後面。

「可是妳想想，屋子裡面會有多冷，」湯米說：「這麼久沒有生火了。」

「哎，不要緊的，」皮皮說：「只要一顆心是暖的，而且還在正常跳動，就不會覺得冷。」

第十二章　長襪皮皮不想長大

噢，湯米和安妮卡的爸爸媽媽把他們摟得多緊啊！而且一直親吻他們。爸爸媽媽端出美味的晚餐，還在他們上床睡覺時，替他們蓋上溫暖的被子，然後在他們的床邊坐了很久、很久，聽他們述說在塔卡圖卡島上的各種奇遇。一家人能夠團聚，大家都很開心，唯一的遺憾就是他們錯過了聖誕節。湯米和安妮卡因為沒有看見聖誕樹，沒拿到聖誕禮物而感到失望，但是他們不想跟媽媽說這個事實。旅行之後剛回到家，難免會不太習慣。假如能夠在聖誕夜回到家，他們一定會更快適應。

想到皮皮，湯米和安妮卡也有一點心疼。此刻皮皮當然就躺在亂糟糟別墅裡，把腳擱在枕頭上，沒有人在她身邊，也沒有人替她蓋被子。他們決定明天一早就去找皮皮。

可是到了第二天，媽媽不想讓他們出門，因為她已經很久沒有見到他們了，而且奶奶也要來家裡吃飯，看看這兩個孩子。湯米和安妮卡整天心神不寧，擔心皮皮自己一個人在做什麼呢？等到傍晚，天色漸漸暗了下來，他們再也忍不住了。

「親愛的媽媽，我們一定要去皮皮家。」湯米說。

「好吧，你們去吧，」塞特格林太太說：「可是別待太久。」

於是，湯米和安妮卡拔腿就跑。

他們在亂糟糟別墅的院子籬笆旁停下腳步，睜大了眼睛。眼前的景象就跟聖誕卡片一模一樣。整棟別墅覆蓋著一層白雪，每扇窗戶都燈火輝煌，門廊上還點了一支火把，火光遠遠的投射在白色雪地上。通往門廊的那條小徑，上頭的積雪已經鏟掉了，所以湯米和安妮卡不費吹灰之力就走過了雪地。他們站在門廊上抖掉鞋子上的積雪，門開了，皮皮就站在門口。

「歡迎來到我的小屋，聖誕快樂。」她說。

她把湯米和安妮卡推進廚房，而且廚房裡居然矗立著一棵真的聖誕樹！燭火被點燃了，十七支仙女棒在燃燒，燒得劈啪作響，並且散發出好聞的香氣。桌上擺著火腿和香腸，還有各式各樣的聖誕菜餚，甚至還有薑餅人和甜甜圈。爐子裡燃燒著熊熊火焰，那匹馬站在木箱旁，高興的用腳刮地。尼爾森先生在聖誕樹上的仙女棒之間竄來竄去。

「牠本來要扮成聖誕天使的，」皮皮沒好氣的說：「可是牠就是坐不住。」

湯米和安妮卡站在那裡，一時說不出話來。

「噢，皮皮，」安妮卡說：「太神奇了！妳是怎麼辦到這一切的？」

「我天生就閒不住嘛。」皮皮說。

湯米和安妮卡忽然覺得好開心。

「我覺得回到亂糟糟別墅真好。」湯米說。

他們圍著餐桌坐下，吃了一大堆火腿、米布丁、香腸和薑餅，他們覺得這比香蕉和麵包果更好吃。

「可是，皮皮，現在根本不是聖誕節呀！」湯米說。

「誰說不是，」皮皮說：「亂糟糟別墅的日曆走得比較慢。我得把它送去給做日曆的師傅調整一下，讓它重新正常運作。」

「太棒了，」安妮卡說：「就算沒有聖誕禮物，我們還是過了聖誕節。」

「噢，謝謝提醒，」皮皮說：「我把你們的聖誕禮物藏起來了，你們得自己去找。」

湯米和安妮卡高興得滿臉通紅。他們從椅子上跳起來，開始去找禮物。湯米在木箱裡找到一個包裹，上面寫著「湯米」，裡面是一盒漂亮的顏料。安妮卡在桌子底下找到一個寫著她名字的包裹，裡面是一把漂亮的紅色陽傘。

「下次我們再去塔卡圖卡島的時候，我可以帶著這把傘。」安妮卡說。

爐子上還高高掛著兩個包裹。一個包裹是給湯米的玩具吉普車，另一個則是給安妮卡的一套玩具餐具。那匹馬的尾巴上也掛著一個很小的包裹，裡面是一個時鐘，讓湯米和安妮卡可以放在他們的房間。

「這比真正的聖誕節還要棒。」湯米說。

等他們找到所有的聖誕禮物，兄妹倆緊緊的抱住皮皮，向她道

謝。皮皮站在廚房的窗前，欣賞庭院裡的雪景。

「明天我們來蓋一間大雪屋，」她說：「然後在裡面擺一盞燈，晚上可以把燈點亮。」

「好耶，我們來蓋雪屋。」安妮卡愈來愈高興自己回到了家裡。

「我在考慮要不要做一個滑雪道，可以從屋頂滑到下面，」皮皮說：「我想教會那匹馬滑雪，可是我不清楚牠需要幾個滑雪板，是四個呢？還是只需要兩個？」

「明天一定會很好玩！」湯米

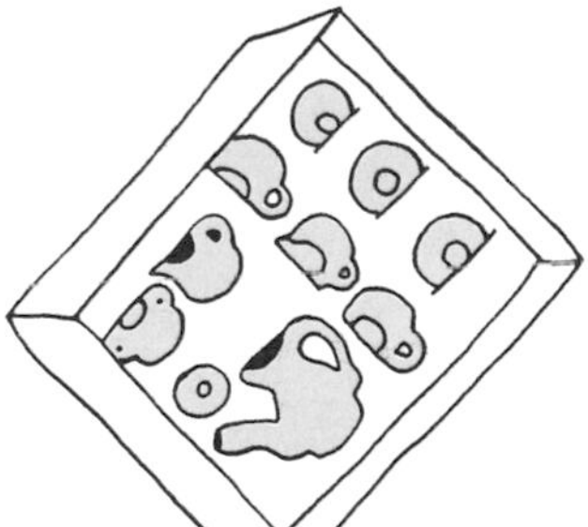

說：「我們真幸運，剛好在聖誕假期回家！」

「我們永遠都要玩得開心，」安妮卡說：「不管是在亂糟糟別墅，塔卡圖卡島，還是在任何地方。」

皮皮點頭表示贊同。他們三個全都爬上了廚房餐桌。忽然，湯米的臉上閃過一道陰影。

「我永遠不想長大。」他堅決的說。

「我也不想。」安妮卡說。

「是啊，真的沒必要搶著長大，」皮皮說：「大人從來沒有什麼樂趣，他們就只有一堆無聊的工作和奇怪的衣服，還要擔心雞眼和地放稅。」

「是地方稅啦。」安妮卡說。

「喔，反正是同樣無聊的東西，」皮皮說：「而且大人有一大堆迷信和瘋狂的想法。他們認為，如果吃飯的時候把刀子放進嘴裡，就會發生意外，還有其他類似這樣的蠢念頭。」

「而且他們也不懂得玩耍，」安妮卡說：「唉，偏偏我們非長大不可！」

「誰說我們非長大不可？」皮皮說：「如果我沒記錯的話，我在某個地方還有幾顆藥丸。」

「什麼樣的藥丸？」湯米問。

「對那些不想長大的人來說，是很好的藥丸。」皮皮說著就從廚房餐桌上跳下來。她翻箱倒櫃的找來找去，過了一會兒，帶著三顆很像黃色豌豆的東西回來。

「豌豆！」湯米驚訝的說。

「你以為這是豌豆對吧？」皮皮說：「可是這不是豌豆，而是彎曲丸。是很久以前我在里約的時候，一個印第安老酋長給我的，當時我剛好跟他提到我不想長大。」

「這些藥丸有幫助嗎？」安妮卡很懷疑。

「當然囉，」皮皮向她保證，「但是藥丸必須在黑暗中吃掉，而且還要唸：『親愛的小彎曲丸，我永遠不要長彎。』」

「妳的意思是不要『長大』吧。」湯米說。

「我說『長彎』就是『長彎』，」皮皮說：「這就是祕訣，你懂嗎？大多數的人都會說『長大』，但是這麼一來就糟了，因為你會真的開始長大。有一次，有個男孩吞下了這種藥丸，他沒說『長彎』而是說『長大』，結果他開始長高，成長的速度快得嚇人，每天都要長高好幾公尺。這真是糟透了。起初長得高還挺方便，當他差不多長得像長頸鹿一樣高，就可以直接吃到樹上的蘋果。可是沒過多久，情況就失控了。因為他長得太高，如果他阿姨來看他，想對他說：『噢，你長得這麼高了！』她們就得對著擴音器喊，他才聽得到。別人只看得見他那雙又瘦又長的腿，像兩根旗桿一樣伸進了雲端，再也沒有人聽見他說話。喔，不對，有一次他突然異想天開去舔太陽，結果舌頭被燙傷起了水泡，於是他痛得大叫，叫得連地上的花朵都枯萎了。不過，那也是他最後一次發出聲音，讓別人知道他還活著。我猜他的一雙長腿，現在還在里約那裡晃來晃去，弄得交通大亂。」

「我不敢吃這些藥丸，」安妮卡嚇壞了，「萬一我唸錯咒語就慘了！」

「妳不會唸錯的，」皮皮安慰她，「如果妳會唸錯，我就不會把藥丸給妳了。如果只能跟妳的腿玩，那就太無趣了。我、湯米，再加上妳的腿——那可妙了！不過大可不必！」

「妳肯定不會唸錯的，安妮卡。」湯米說。

他們吹熄聖誕樹上所有的蠟燭。廚房裡變得一片漆黑，只有爐火還在爐門後面發出紅光。他們靜靜的圍坐在地板上，手牽著手。皮皮給湯米和安妮卡一人一顆彎曲丸。他們緊張得背脊發涼。一想到下一秒，這顆奇特的藥丸就會進入他們的胃，然後他們就永遠不必長大。這真是太神奇了！

「現在吃吧。」皮皮小聲的說。

他們把藥丸吞了下去，三個人異口同聲的唸出咒語：

「親愛的小彎曲丸，我永遠不要長彎。」

儀式完成了。皮皮打開天花板上的燈。

「太棒了，」她說：「現在我們不必長大，不會長雞眼，也不會有其他討人厭的東西。不過這些藥丸在櫃子放了那麼久，我不確定它們是不是還有效。不過，希望能有最好的結果。」

安妮卡想起了一件事。

「噢，皮皮，」她說：「妳本來想要長大以後當海盜的！」

「喔，我還是可以當海盜啊，」皮皮說：「我可以當一個讓人聞風喪膽的凶惡小海盜。」她想了一會兒，又說：「想想看，在很多，很多年以後，如果有個阿姨從這裡經過，看見我們在院子裡跑來跑去的玩耍，她也許會問湯米：『可愛的小朋友，你幾歲啦？』然後湯米就說：『五十三歲，如果我沒記錯的話。』」

湯米開心的笑了。

「那她一定會覺得我的個子真小。」他說。

「沒錯，」皮皮說：「那你就可以跟她說，你年紀愈大，個子愈小。」

這個時候，湯米和安妮卡想起媽媽跟他們說過，不要在外面待太久。

「我們得回家了。」湯米說。

「可是我們明天會再來。」安妮卡說。

「好，」皮皮說：「我們八點開始蓋雪屋。」

皮皮送兄妹倆走到庭院大門，當她快步跑回亂糟糟別墅時，那兩根紅辮子在她的頭上來回舞動。

後來，湯米在刷牙的時候說：「如果不知道那是彎曲丸，我保證會說那是普通的豌豆。」

安妮卡穿著粉紅色睡衣站在窗前，看向亂糟糟別墅。

「你看，我看見皮皮了！」她興奮的大喊。

湯米跑到窗前。是啊，沒錯！由於樹葉掉光了，他們可以從房間看進皮皮的廚房。皮皮坐在桌前，用雙手撐著頭，臉上帶著作夢般的神情，凝視著面前閃動的小小燭光。

「她……她看起來好孤單，」安妮卡說話的聲音有點顫抖，「噢，湯米，要是現在已經是明天就好了，我們就可以馬上去找她！」

他們默默的站在窗邊，看著窗外的冬夜。星星在亂糟糟別墅的屋頂上方閃耀，皮皮在那裡，她將永遠待在那裡。想到這一點，就會覺得很奇妙。歲月將會流逝，但是皮皮、湯米和安妮卡卻不會長大——只要彎曲丸的效力沒有消失！春天會再度到來，每一年都會有新的春夏秋冬，可是他們將永遠一直玩下去。明天他們要造一間雪屋，還要造一條滑雪道，從亂糟糟別墅的屋頂通到地面。等到春天來臨，他們會爬進那棵能長出檸檬汽水的中空橡樹。他們會玩「找東西大王」的遊戲，會騎在皮皮的馬上，也會坐在木箱上說故事，偶爾也許會去塔卡圖卡島拜訪莫莫、莫亞娜和其他人，但是他們每次都會再回到亂糟糟別墅。

是的，想到皮皮將會永遠住在亂糟糟別墅，這個念頭令人感到非常安慰。

「如果她往這邊看，我們就可以對她揮手了。」湯米說。

可是皮皮只是愣愣的看著前方出神，然後吹熄了燭光。

世界經典書房
小麥田 長襪皮皮到南島

作　　者　阿思緹・林格倫（Astrid Lindgren）
繪　　者　英格麗・凡・奈曼（Ingrid Vang Nyman）
譯　　者　姬健梅
封面設計　達　姆
協力編輯　葉依慈
責任編輯　巫維珍

國際版權　吳玲緯
行　　銷　闕志勳　吳宇軒　陳欣岑
業　　務　李再星　陳紫晴　陳美燕　葉晉源
編輯總監　劉麗真
總 經 理　陳逸瑛
發 行 人　凃玉雲
出　　版　小麥田出版
　　　　　地址：10483臺北市中山區民生東路二段141號5樓
　　　　　電話：(02)2500-7696　傳真：(02)2500-1967
發　　行　英屬蓋曼群島商家庭傳媒股份有限公司城邦分公司
　　　　　地址：10483臺北市中山區民生東路二段141號11樓
　　　　　網址：http://www.cite.com.tw
　　　　　客服專線：(02)2500-7718｜2500-7719
　　　　　24小時傳真專線：(02)2500-1990｜2500-1991
　　　　　服務時間：週一至週五09:30-12:00｜13:30-17:00
　　　　　劃撥帳號：19863813　戶名：書虫股份有限公司
　　　　　讀者服務信箱：service@readingclub.com.tw
香港發行所　城邦（香港）出版集團有限公司
　　　　　地址：香港灣仔駱克道193號東超商業中心1樓
　　　　　電話：+852-2508-6231　傳真：+852-2578-9337
馬新發行所　城邦（馬新）出版集團【Cite(M) Sdn. Bhd】
　　　　　地址：41, Jalan Radin Anum, Bandar Baru Sri Petaling,
　　　　　57000 Kuala Lumpur, Malaysia.
　　　　　電話：+6(03) 9056 3833　傳真：+6(03) 9057 6622
　　　　　讀者服務信箱：services@cite.my
麥田部落格　http://ryefield.pixnet.net
印　　刷　漾格科技股份有限公司
初　　版　2023年4月
售　　價　280元

ISBN 978-626-7281-02-4
EISBN 9786267281062 (epub)
Printed in Taiwan.
本書若有缺頁、破損、裝訂錯誤，請寄回更換。

國家圖書館出版品預行編目資料

長襪皮皮. 3, 長襪皮皮到南島／阿思緹・林格倫（Astrid Lindgren）著；英格麗・凡・奈曼（Ingrid Vang Nyman）繪；姬健梅譯. -- 初版. -- 臺北市：小麥田出版：英屬蓋曼群島商家庭傳媒股份有限公司城邦分公司發行, 2023.04
　面；　公分. --（故事館）
譯自：Söderhavet
ISBN 978-626-7281-02-4（平裝）

881.3596　　112000093